АНДРЕЙ ПЛАТОНОВ

Счастливая Москва

アンドレイ・プラトーノフ

幸福なモスクワ

池田嘉郎 訳

МИНОТАВР

白水社

幸福なモスクワ

Счастливая Москва

Андрей Платонов

Счастливая Москва 1933–1936

目次

1

闇のような人間が燃えさかるたいまつをもって、秋の果ての寂しい夜に通りを走っていた。幼い少女は自分の家の窓からそれを見た、寂しい夢から目を覚ましたところだった。それから彼女は激しい銃声と哀れな、陰鬱な叫び声を耳にした——たぶんたいまつをもって走っていた人が殺されてしまったのだ。まもなくして聞こえてきたのは、遠方の数多くの銃声と、近くの監獄での人々の唸り……少女は寝入り、それから続く日々に見たことは、すべて忘れてしまった。彼女はあまりに小さく、幼年期の記憶と知性とが躰のなかでその後の人生として永久に繁茂していったのである。だが後年にいたるまで、彼女の内では不意に物悲しく、名無しの人が立ち上がっては走っていき——記憶の蒼ざめた灯りのなかで

――ふたたび過去の闇のなか、伸び育った子どもの心臓のなかで甦れるのだった。飢えとまどろみのうち、恋愛や何か若い歓びのひととき――突然に遠く彼方、躰の奥深くで死者の陰鬱な叫び声がまたもや響き、すると若い女は自分の生活をただちに切り替えた――ダンスをしていたならばダンスをやめ、労働していたならばいっそう集中していっそう手堅く働き、ひとりであったならば両手で顔を覆った。秋の果てのあのどんよりとした夜に、十月革命[*1]がはじまったのだった――当時モスクワ・イワノヴナ・チェスノワが住んでいたあの街で。

　彼女の父親はチフスで死に、飢えてみなしごになった少女のほうは、家を出るともうあとには戻らなかった。眠り込んだ魂を抱え、人々のことも、空間のことも覚えていないまま、彼女は虚空にいるかのように何年か祖国中をさまよい、食らい、それからようやく孤児院と学校で目を醒ました。彼女は窓際で、モスクワの街で教室机についていた。並木路では木々がすでに成長をやめ、風もないのにそこから葉が落ちて、鳴りをひそめる大地を覆っていた――長い眠りをひかえて。九月の月の終わりであり、あの年、すべての戦争が終わって交通機関が回復をはじめた年のことであった[*2]。

　孤児院に少女モスクワ・チェスノワはすでに二年おり、ここで彼女には名前、姓と、父称[*3]すら与えられた、というのは少女は自分の名前と幼年期を非常にあいまいにしか覚えていなかったからである。父親は自分のことをオーリャと呼んでいたように彼女には思われたが、自信がなかったので黙っていた、名無しの少女のように、あの斃れた夜の人のように。すると彼女には、モスクワを讃えて名前が、イワンの思い出に父称が——戦闘で斃れた、ありふれたロシアの赤軍兵士[4]だ、——それに彼女の心臓の誠実さ《チェスノスチ》のしるしに姓が与えられた、心臓はまだ不誠実にはなりおおせていなかったのだ、長いこと不幸せではあったのだが。

輝き昇りゆくモスクワ・チェスノワの生活はあの秋の日からはじまった、そのとき彼女は学校で窓際に座り、すでに第二学級[5]で、並木路にある木々の葉の死を見つめ、向かい側にある建物の看板《A・V・コリツォフ名称[6]労農図書館＝読書室》を興味深く読んだところであった。最後の授業の前に子どもたち全員に、彼らの人生で初めて白パンがカツレツ[7]とジャガイモつきで配られて、カツレツは何からできているのか——雌牛からである、という話があった。ついでに全員に明日の日までに雌牛について、あれらを見たことがあるものは作文するようにと言いつけられた、それに自分の未来の生活についても。晩にモスクワ・チェスノワは、パンとぎっしり詰まったカツレツとで腹一杯になって、共同卓に向かって作文を書いていた、彼女の女友達はもうみんな眠っており、小さな電灯がほのかに燃えていた。《父と母のいない女の子の自分の未来の生活についてのお話。[8]——わたしたちはいまでは知恵を教えられています、知恵は頭のなかにあって、外には何もありません。真実にしたがって苦労して生きなければなりません、わたしは未来の生活を生きたいのです、ビスケット、ジャム、お菓子がありますように、木々のあいだを通りぬけて草原をいつも散歩できますように。そうでなければわたしは生きないでしょう、そんなだったら、わたしは気分からしていやなのです。わたしはふつうに幸せに生きたい。つけ足して言うことは何もありません》。

学校からモスクワはそのあとで逃げ出した。ふたたび一年後に連れ戻されて、全校集会で叱責された、彼女は革命の娘として、無規律で無節操に振る舞っていると。「あたしは娘じゃない、あたしはみなしごだ！」そのときモスクワはこう答えて、ふたたび熱心に学びはじめた。どこにもいなかったなんてことのなかった娘のように。

自然のうちでは何よりも風と太陽が彼女のお気に入りであった。彼女はどこか草の上に寝転んで、目に見えぬ、憂いに沈む人のような風が、草木の茂みのあいだでささやいているのに耳を傾けるのが好きであった、それに遠い彼方であらゆる未知の国々と民の上を流れていく夏の雲を見るのが。雲と空間を眺めることで、モスクワの胸のなかでは心臓の鼓動がはじまった、あたかも彼女の躰が高くに引き上げられ、そこで一個取り残されたかのように。それから彼女は草原や、単調で侘しい大地を歩き回って、鋭く、注意深くいたるところを見つめ、ようやく世界のなかで生きることを体得しながら、ここでは彼女にすべてがぴったりであることを歓んでいた――その躰に、心臓と自由に。

九年生を終えたときモスクワは、あらゆる若い人がそうであるように、自分の未来への、幸福な人混みへの道を無意識に探しはじめた。[*9] 彼女の両手は活動を求めてうずうずし、感情は誇りとヒロイズムを求め、知性のなかではいまだ秘められてはいるが高尚な運命が、前もって凱歌をあげた。十七歳のモスクワは自分ではどこにも入っていくことができなかった、彼女は招待を待っていた、まるで自分のなかで若さと伸び育った力の恵みを高く見積もっているかのように。それゆえ彼女は少しのあいだ、ひとりぼっちで変わりものになった。ゆきずりの人物があるときモスクワと知り合って、おのれの感情と愛想とによって彼女をかち得た、――このときモスクワ・チェスノワは彼の妻となり、自分の躰と若さを永遠にそして一時《いっとき》に堕落させた。彼女の大きな手は大胆な活動に適していたが、抱擁するようになった。心臓はヒロイズムを探し求めてきたが、自分の恒産としてモスクワにしがみつくひとりの狡猾な人間だけを愛しはじめた。だがある朝モスクワは、あまりにうんざりさせるような恥ずかしさを自分の生活に覚えたので、それがいったい何からなのかは正確に自覚していないまま、眠っている夫の額に別れのくちづけをすると、着替え一つもたずに部屋を立ち去った。夕方まで彼女は並木路とモスクワ河[*10]の岸辺をほっつき歩いた、九月の糠雨の風だけを感じて何も考えずに、空っぽで疲れた女として。

夜には彼女は、どこか箱にもぐり込んで一夜を明かしたい、かつておのれの放浪の子どもも時代にそうしていたように、モストロプ[*11]の空っぽの食糧小屋、あるいは何かほかのものを見つけたいと思った、だがわかったことには、ずっと前に大きくなってしまっていたので、気づかれずにもぐり込めるところなどどこにもないのであった。彼女は夜も更けた並木路の闇のなかで、ベンチに腰をおろすとまどろみはじめた、泥棒や宿無しのならずものたちがすぐそばをうろついたり、ぶつぶつ言ったりしているのを耳にしながら。

深夜に同じベンチにちっぽけな人物が腰をおろしたが、彼はひそやかで良心にもとることのない期待を抱いていた、もしかしたら不意にこの女のほうから自分を好きになってはくれないだろうか、柔和な力のゆえに自分では愛をしつこくせがむことなどできないのであるから、と。彼は本質的にいって顔の美しさも、肢体の魅力も求めてはいなかった――彼はあらゆることに、自分が払う高い犠牲にも同意ができていた、ただ忠実な感情でその人が彼に応えてくれさえすればそれでよかったのである。

「何のご用ですか？」目を覚ましたモスクワは彼に尋ねた。

「わたしゃ何でもないです！」この人物は答えた。「ただなんとなく。」

「あたしは眠りたい、であたしには行き場がないんです、」モスクワが言った。

この人物はただちに彼女に申し出た、自分は部屋をもっている、しかし彼の意図が誤解されるのを避けるために——彼女はホテルで部屋を借り、そこで毛布にくるまって清潔なベッドのなかでぐっすりと眠ったほうがよいであろうと。モスクワは同意し、彼らは歩きだした。道中モスクワは自分の同行者に、勉強できるようどこかに世話してほしいと言いつけた——食事と寮つきで。

「で、あなたは何がいちばん好きなんです?」彼は尋ねた。

「あたしは大気中の風が好きで、ほかにもいろいろ何か、」疲れきったモスクワは言った。

「なら——航空学校だ、ほかはあなたには向かんでしょう、」モスクワに同行中の人物は断定した。「やってみましょう。」

彼はミーニンの旅籠[*12]で彼女に部屋を見つけてやり、三泊分の前払いをして、食べ物用に三十ルーブル渡すと、自分は家に向かった、おのれの慰めを心のうちに抱きつつ去っていったのである。

五日後、モスクワ・チェスノワは彼の世話で航空学校に入学して寮に移った。

2

首都の中心部の七階に、三十歳の人物、ヴィクトル・ヴァシリエヴィチ・ボシュコ[*13]が住んでいた。彼は窓一つだけに照らされた小さな部屋に住んでいた。新世界の唸りはこのような住まいの高みには交響曲作品のように届いた――低級で間違った響きの嘘は、四階より上には達さずに消えてしまうのだった。部屋にあるのは質素で峻厳な調度品であったが、それは貧しさのためではなく夢想癖のためであった。疫病患者室用の鉄製のベッドと、脂まみれですっかり人間化した毛布、大いなる集中に適した裸の机、日用品のがらくたを用立てた椅子、壁際の手製の棚には社会主義と十九世紀の最良の本、机の上のほうには三枚の肖像画――レーニン[*14]、スターリン[*15]と国際語エスペラントの考案者ザメンホフ博士[*16]。これらの肖像画の下に四列にわたって名無しの人々の小さな写真がかかっており、しかも写真のなかには白い顔だけではなく、黒人、中国人、あらゆる国の住人がいた。

晩遅くまでこの部屋は空っぽであることが多い。疲れきった悲しげな響きはそのなかで次第にかすれ、退屈した物質がときおり音をたて、太陽の光は窓の四角となって床の上をゆっくりとつたい、夜には壁の上で薄れてゆく。すべてが終わり、事物だけが闇のなかで倦んでいる。

ここに暮らす人物がやってきて、技術による電気の光をつける。いつものように、住人は幸福である、なぜなら彼の生活は無駄に過ぎていないから。彼の躰は昼のあいだに疲れ、眼も白くなっていたが、心臓は規則正しく打っており、思考は朝のように明るく輝いている。この日ボシュコ、幾何学者にして市の土地開発技師は、新しい住宅地街路の精密な計画を完成させ、緑地帯と児童公園と地区スタジアムの土地の算定をなし終えたところであった。彼は近い未来に期待を感じて、幸福の心臓の鼓動とともに働いていたが、自身に対しては、資本主義のもとで生まれたものとして、冷淡であった。

ボシュコはほとんど毎日職場宛てで受け取っている私信の束を引っぱり出すと、何もない机について、自分の思考をそれらに集中した。メルボルン、ケープタウンから、香港、上海から、太平洋の海原に隠れた小さな島々から、メガリス[*17]から――これはギリシアのオリュンポス山の麓にある集落である――、エジプトやヨーロッパの数多くの地点から、彼に書いてきた。職員と労働者、不動の搾取によって大地に押しつけられた遠方の人々が、エスペラントを学んで国民相互の沈黙に打ち勝ったのである。労働で力を使い果たし、旅をするにはあまりに貧しかったが、彼らは思想によってお互いに連絡しあっていた。

手紙のなかにはいくつかの為替もあった。コンゴの黒人は一フランを、エルサレムのシリア人は四米ドルを、ポーランド人のストゥジンスキは三か月ごとに十ズウォティを送ってきた。彼らは前もって自分たちのために労働者の祖国を建設していた、年老いたときに匿ってもらえるところがあるように、彼らの子どもたちが最後には逃げ出して、友情と労働によって暖められた寒い国で救われるように。

ボシュコはきちょうめんにこれらの金を国債に注ぎ込み、債券は配達証明つきで顔も知らぬ債主に発送した。

通信物の中身を調べ終えると、ボシュコはソヴィエト連邦の活動家としての自分の誇りと優位を感じつつ、それぞれの手紙に返事を書いた。だが彼は誇らしげにではなく、謙虚に同情を込めて書いた。

《親愛なる、遠方の友よ。私はあなたの手紙を受け取った、こちらではよりいっそう素晴らしくなされており、勤労者の共同の富は毎日増大し、世界プロレタリアートには社会主義というかたちで巨大な遺産が蓄積されている。毎日鮮やかな庭園が伸び盛り、新しい家に人々が入居し、発明された機械は急速に働いている。人々もまた別の、素晴らしい人々が伸び育っており、ただ私だけが元のまま、なぜならだいぶ前に生まれて自分自身を忘れ去ることがもう間に合わなかったから。五、六年もすれば私たちのところでは、パンもどんな文化設備も膨大な量がつくられているし、地上の六分の五[*18]にいる全十億人の勤労者は、家族を引き連れて、永久に暮らすために私たちのところにやってくることができるし、もしそこに革命が来ないのであれば、資本主義は空っぽなままにおいておこう。太平洋に目を向けよ、君はその岸辺に住んでいるのだから、ときどきソヴィエトの船がそこを航行している、それが――私たちだ。ごきげんよう。》

黒人のアッラタウは妻が死んだと伝えてきた。ボシュコは同情を込めて応えたが、絶望に陥るようにとは助言しなかった――未来のために自分を大切にしなければいけない、なぜならわれらのほかにには大地の上にいるべき人はいないのだから。いちばんよいのは――アッラタウがいますぐソ連にやってくることだ、ここなら彼は同志たちのあいだで、家族のなかにいるよりも幸せに生きることができる。

朝焼けのなかでボシュコは有益な疲弊の甘美さとともに眠りについた。夢のなかで彼は夢を見た、彼は――子どもで、彼の母は生きており、世界は夏で、無風、大いなる木立が伸び育っていた。

自分の勤務によってボシュコは、最良の突撃労働者[*19]の評判をとっていた。直接の幾何学の仕事のほかに、彼は壁新聞の書記、オソアヴィアヒム[*20]とモープル[*21]の細胞オルグ、菜園経営の管理者であり、またあまり知らないひとりの娘を自腹で航空学校に学ばせていたが、それはわずかばかりでも国家の支出を緩和するためにであった。

この娘は月に一度ボシュコのところに寄った。彼は彼女をお菓子でもてなし、食べ物のためのお金と日用消費物販売店の自分の利用証を手渡した、すると娘は恥ずかしそうに去るのだった。彼女は十九歳に満たず、モスクワ・イワノヴナ・チェスノワといった。彼はかつて秋の並木路で、抑えきれぬ憂いに悩まされていたときに彼女と出会い、それ以来忘れることができないのであった。

彼女が訪問したあとボシュコはいつも、顔をうずめて横たわり、切なさに苦しんだ、彼の人生の理由はただ、全共同的歓びであったにもかかわらず。ひとしきり想いに耽ってしまうと、彼はインドに、マダガスカルに、ポルトガルに手紙を書くために腰をおろし、人々に社会主義への参加、あらゆる苦悩の大地にいる勤労者への共感を呼びかけ、夢想と忍苦で一杯の彼の禿げかかった頭をランプが照らしていた。

あるときモスクワ・チェスノワはいつものようにやってきて、すぐには去らなかった。ボシュコは彼女のことを知って二年になるが、何にも期待せず、近くで彼女の顔をじっと見ることも遠慮していた。

モスクワは笑った、彼女は飛行士養成学校を修了し、自腹でご馳走をもってきたのである。ボシュコは若いモスクワと飲み食いをはじめたが、彼の心臓は恐怖で鼓動した、なぜならばだいぶ前から彼の内部に閉じ込められていた愛を心臓が感じとったからである。

　夜更けが訪れたとき、ボシュコは闇のような空間に向けて窓を開け放った、すると部屋のなかには蝶や蚊が翔び入ってきたが、いたるところあまりに静かであったため、ボシュコには彼女の大きな胸のなかにあるモスクワ・イワノヴナの心臓の鼓動が聞こえてきた。この鼓動は実にむらなく、しなやかに正しく生起していたので、もしこの心臓と全世界を結合することができたならば、それは出来事の流れを規制することができただろう、――蚊や蝶たちでさえ、モスクワのブラウスの前のほうに止まっても、彼女の恐ろしく強大で暖かい躰のなかの生命の唸りに驚いて、すぐに脇へ翔び去っていった。モスクワの頬は、心臓の圧力に耐えながら、長いこと、全生涯で獲得した日焼けした色を帯び、眼は幸福の鮮やかさに輝き、髪は頭の上で熱情に色あせて、躰は晩い青春のなかでむくみ、ほとんどうっかりと人間のなかに人間が発生してしまう、女性的人間性の前夜にすでにあった。

　ボシュコは離れることなく、新しい輝ける朝までモスクワを見つめ、また見つめていたが、このとき娘はもうずっと前から彼の部屋で寝入っており、――けだるい、幸福な清気が、健康、夕べや子ども時代のように、疲れたこの人物のなかに入ってきた。

翌日モスクワはボシュコを飛行場に誘った――新型パラシュート[*22]の働きを見にいこうと

いうのであった。

　小さな飛行機がモスクワを内部に引き込むと、幾世紀も人跡のない空に高く飛び立った。天頂で飛行機はエンジンを止め、前方に傾斜すると自身の胴体の底部から輝くちっちゃなかたまりを放出したが、それは息もつかず奈落に疾駆しはじめた。同じとき大地から高からず、ゆっくりと別の飛行機が飛んでいたが、自身の三つのエンジンの働きを弱めると、着陸を願った。空の低いところでは、この三台エンジンの滑空する飛行機の上方を孤独な飛翔小体が、高まる加速とともになすすべなく突き進んでいたが、ぱっと花開くと大気で膨らんで揺れはじめた。三台エンジンの飛行機はただちに自身の全機械を稼働してパラシュートから離れようとしたが、パラシュートはあまりに近かったので、プロペラ付近の旋風へとそれを巻き込みかねず、そこで賢明なパイロットは再度エンジンを抑えて、パラシュートに方向決定の自由を与えた。するとパラシュートは翼の平面に降下してつぼみ、数瞬のちには傾斜した翼づたいにゆっくりと、あわてることなく小さな人間が歩を進め、機体のなかに隠れた。

　ボシュコはこれが、モスクワが大気から飛んできたのであることを知っていた。昨日彼は彼女の等間隔で、唸る心臓を耳にしていたのであったが、——いまや彼は立ち尽くして、勇敢な全人類のための幸福に泣いていた、モスクワ・チェスノワに二年にわたって月百ルーブルを与えてきたのであって、百五十ルーブルではなかったことを悔やみながら。

夜にボシュコはふたたび、ふだんのように、相手の見えない全世界に宛てて手紙を書き、高みという死の空間を凌駕する、新しい人間の躰と心臓について夢中になって綴った。

ところが夜が明ける頃、人類への郵便の準備を済ませてしまうと、ボシュコは泣きだした。モスクワの心臓が、大気の自然のなかを飛びまわることはできても、彼を愛することはできないことが、彼には悲しくなったのだった。彼は寝入ると、勤務のことも忘れて夕方まで意識なく眠った。

夕方誰かが彼の戸をちょっと叩き、いつもと同じ幸福な様子で、以前と同じ轟く心臓をもって、モスクワがやってきた。ボシュコはおずおずと、自身の感情の極度の必要に押されて、モスクワを抱きしめた、すると彼女はお返しに彼にキスしはじめた。ボシュコのやせこけた喉の奥で、隠された痛ましい力がごろごろと鳴りだし、もう我に返ることはできず、彼は全生涯で唯一の人間の暖かさの幸福を味わっていた。

3

毎朝目覚めながらモスクワ・チェスノワは、窓の太陽の光を長いこと眺めて、《これは未来の時間が到来しているのだ》と思考のなかで語り、幸福な無自覚のなかで起き上がったが、そうした無自覚は、おそらくは意識ではなくて、心臓の力と健康に依存していた。それからモスクワは沐浴した、ありきたりの侘しい食物（モスクワがその生涯に食べなかった不浄物があっただろうか！）をばら色の純潔、彼女の躰の花開く空間に変えてしまう自然の化学に驚きながら。自分でありながらでさえ、モスクワ・チェスノワは自身をよその女のように見つめることができたし、自分の胴体を洗いながらそれに惚れ込むことができた。彼女は、もちろんここには彼女の貢献はなく、ここにあるのは過去の時代と自然の正確なはたらきであることを知っていた、——そのあとでは、朝食を咀嚼しながら、モスクワは自然について何か夢想した——水となって流れ、風となって吹き、おのれ自体の巨大で忍耐強い物質となって、病人のうわごとのように、絶えず回転している自然を……自然には絶対に同情しなければならなかった——それは人間創出のためにかくも苦労したのだ、――数多く産んで、いまや疲れからふらついている、持たざる女とおんなじに……

航空学校を卒業するとモスクワは、同じ学校付きの初級訓練士に任命された。彼女はいまやパラシュート隊員のグループに、飛行機からの冷静な跳び出し方法や、唸る空間を降下する際の気性の平静の保ち方について教えていた。

モスクワ本人は飛びながら、自分のなかにいかなる特別な緊張や勇気も感じなかった、彼女はただ正確に、子ども時代のように、どこに《きわ》、つまり技術の終わりと破局の始まりがあるのかを計り、自分を《きわ》までは追いやらなかったのである。しかし《きわ》は、思われているよりもずっと遠くにあったし、モスクワはいつもそれを押しのけていた。

あるとき彼女は新しいパラシュートの実験に参加したが、それに染み込ませたワニスは大気の水分を弾き落とし、雨のなかにさえ跳び出すことを可能にするものであった。チェスノワは二つのパラシュートを装備された――片方は予備に与えられたのである。彼女は二千メートルまで引き上げられて、そこから雨後に広がった夕方の霧を通過して、大地の表面へと飛び降りるように求められた。

モスクワは飛行機の扉を開け放つと虚空に自身の一歩を与えた。下から苛烈な旋風が彼女に打ちつけた、まるで大地が強力な送風機の口であって、そのなかで大気が堅固になるまでプレスされ屹立してくるかのようであった――ずっしりと、柱のように。モスクワは自分を吹き抜けられる管であると感じ、まともにかっついてくる*23野蛮な風を吐き出す間があるように、ずっと口を開け続けた。周囲は霧で朦朧とし、大地はまだ遠くにあった。モスクワは大きく揺れはじめた、靄のせいで誰からも見られず、孤独で自由だった。それから彼女はたばことマッチを抜き出して、火をつけたいと思った。一服したかったのだが、マッチの火は消えてしまった。そこでモスクワは身を曲げ、自分の胸の周りに快い静かな空間をつくろうとした、そしてたちまち箱のなかのすべてのマッチを爆発させた、――炎は旋風の吸い込みにとらわれると、人間の重量とパラシュートの傘を結合する絹製の吊り紐を浸す、可燃性のワニスに瞬時に火を放った。この吊り紐はつかの間に焼けきれて、灼熱するやいなや灰になって飛び散った、――傘がどこに消えたのか、モスクワには確かめようもなかった、苛烈でいよいよ燃え盛る落下速度のために、風が彼女の顔の上の皮膚を焦がしはじめたからである。

　彼女は熱き赤い頬をして飛んでおり、大気は乱暴に躰を鞭打った、あたかもそれが天の空間の風ではなく、重い、死んだ物質であるかのように、――大地がこれよりもいっそう硬くて容赦ないとは想像できなかった。《これがあんたってことなんだね、世界よ、本当は！》思わずモスクワ・チェスノワは考えた、霧の薄明かりを縫って下方に消えゆきながら。《あんたがやわらかいのは、あんたに触れないときだけだ!》彼女は予備パラシュートのリングを引き、信号灯のなかに飛行場の大地を見たが、突然の苦しみに叫びだした――開いたパラシュートが彼女の躰をあまりの力で引っぱり上げたので、モスクワは自分の骨をいたるところ痛みだした歯のように感じたのだ。二分後には彼女はすでに草上に座り、パラシュートにくるまれ、風がたたき出した涙をぬぐいながら這い出しはじめた。

最初にモスクワ・チェスノワのところに近づいてきたのは、有名な飛行士のアルカーノフで、彼は十年間の仕事中一本のテイルフックも曲げず、決して不成功も事故も知らなかった。

モスクワは傘の下から這い出してきたときには全連邦的有名人となっていた。アルカーノフともうひとりの飛行士は彼女の両脇を支えて休憩室にかつぎ込み、途中で挨拶した。別れ際にアルカーノフはモスクワに言った。《あなたを失うのは残念です、でもたぶん私たちはもうあなたを失ってしまったんです……あなたは飛行隊なるものの概念を有しておりません、モスクワ・イワノヴナ! 飛行隊、それは慎みですが、あなたは――豪奢ってもんです! 幸福を祈ります!》

二日後モスクワ・チェスノワは、二年のあいだ飛ぶ仕事から解かれたが、その理由は大気とは――パラシュートから花火を打ち上げるためのサーカスではないということであった。

しばらくのあいだモスクワ・チェスノワの幸福な、若い勇気について新聞や雑誌が書いた。外国でさえも燃え盛るパラシュートでの跳躍について遺漏なく報じられ、《航空コムソモールカ》[*24]の美しい写真が掲載されたが、のちにそうしたことはやみ、モスクワはといえば自分の栄誉が皆目理解できなかった。いったいこれは何なのか。

彼女はいまや新しい建物の五階の、二つの小さな部屋に住んでいた。[*25]この建物には飛行士、設計士、さまざまな技師、哲学者、経済理論家やその他の職種が住んでいた。チェスノワの住まいの窓は周囲のモスクワの屋根並みを臨み、遠くのほう——空間の弱まって死につつある果てには何かうっそうとした森と謎めいたいくつかの塔が見えた。太陽が没する際にはそこで見知らぬ円盤が孤独に輝き、最後の光を雲と空とに反射させていた、——この魅惑的な邦までは十キロ、十五キロというところであった、だが、もし建物から通りに出たとしても、モスクワ・チェスノワはそこへの道を見つけなかっただろう……航空隊から解かれ、モスクワは自分の夜々をひとりで過ごした、ボシュコのところには彼女はもういかなかったし、自分の女友達も呼ばなかった。彼女は窓敷居で腹ばいになって、その髪が垂れるまま、全世界都市がおのれの勝利のエネルギーのなかでざわめくのを、疾駆するメカニズムが唸る密集のなかからときおり人間の声が響くのを聞いていた。頭を上げると、すっかり暮れた空に、空虚な持たざる月が昇っていくのをモスクワは見て、暖めてくれる生命の流れを自身の内に感じた……彼女の空想は途切れることなく働き、いまだ決して飽きることはなかった、——彼女はさまざまな事柄の生起を知性のなかで感じ、思考によってそれらに参加していたのである。孤独にあって彼女は、全世界を自分の注意で満たして、街灯の灯りを見守った、それらが灯っているようにと、モスクワ河の蒸気杭打ち機の唸って規則正しい打撃を見守った、杭が深くにしっかり入っていくようにと、そして昼も夜も自分の力を振り絞っている機械のことを考えた、闇に明かりが灯るようにと、読書が進むようにと、朝のパン焼きのためにライ麦がモーターで挽かれるようにと、水に圧力がかかってパイプを通り、ダンスホールの温水シャワーにたどりつき、人々の熱く固い抱擁のなかでよりよい生命の発生が起こるようにと——暗闇のなか、孤独で、互いに向きあい、結合して倍化した幸福の浄い感情のなかで。モスクワ・チェスノワは、自身でこの生を体験したいというよりも、それを堅固なものとしたかった——昼夜を分かたず機関車のブレーキレバーの脇に立ち、人々を互いに出会うように連れていき、水道管を修理し、化学天秤で病人に薬を量り——他人のキスの上にかかるランプのように、たったいままで光であったあの熱を自身の内に吸収しながら、時を失せず消えたかった。自分の欲求をその際彼女が拒絶したわけではなかった——彼女とて自分の大きな躰をなんとかしなければならなかった、――彼女はただそれらを、より遠い未来まで先延ばししていたのである。彼女は我慢強かったし、待つことができた。

モスクワが自分の窓から孤独の晩に身を乗り出していると、下のほうから通りがかりの人々が彼女にあいさつを叫び、みなが共有する夏の薄暗がりへと彼女を誘い、文化と休息の公園[*26]のあらゆる出し物を見せてあげる、花とキャラメルを買ってあげると約束した。モスクワは彼らに笑いかけたが、黙っていて、出ていきはしなかった。もっと遅くになるとモスクワは、周囲の古い建物の屋根に人々が住みつきはじめるのを上から見ていた。屋根裏部屋を抜けて鉄製の屋根に家族が出てくると、子どもらを母親と父親のあいだに挟んで、毛布を敷いて戸外で眠りにつくのであった。屋根の峡谷では、火災用の非常口と煙突のあいだのどこかで、星よりも低く、人の群れよりも高く身をおきながら、花婿たちが花嫁たちと孤りになって、朝まで目を閉じなかった。

夜半を過ぎるとほとんどすべての目に見える窓は、明かりを灯すのをやめていた、――昼間の突撃労働は眠りのなかでの深い忘却を求めたのである、――ささやくように、警笛でおどかすことなく、夜更けの車が走り過ぎていった。ただときおり消えていた窓が、ふたたび短い時間明るくなった――夜勤から人々が戻ってきて、眠っているものを起こさぬように、何かを食べ、すみやかに眠りについたのだった。また別の人々は――よく眠ったあとで、仕事に向かうために起きてきた――タービン手や機関士、ラジオ技師、朝便の航空機関士、科学研究者やそのほかの休息をとった人々である。

自分の住まいへの扉をモスクワ・チェスノワはしばしば閉め忘れた。あるとき彼女は見知らぬ人間が自身の上着を床に敷いて、眠っているのに出くわした。モスクワは彼女のくたびれた客人が目覚めるまで待った。彼は目覚めると、ここの隅っこに住むことにすると言った――彼にはこれ以上行き場がないのであった。モスクワはこの人間を見つめた。彼は四十ほどで、過ぎ去りしいくつかの戦争のかじかんだ傷跡がその顔に横たわり、皮膚は大いなる健康と善き心臓の褐色で風化した色をもち、赤茶けた髭が倦んだ口の上に柔和に伸びていた。

「俺は尋ねもせずにあんたのとこに入る気はなかったんだ、もじゃもじゃ髪の美人さん、」見知らぬ客は言った、「だが躰にゃ休息を与えねばならぬし、そのための場所とてなし……俺はあんたをむっとさせたりはしないよ、俺のことは何でもないと思ってくれ、余計な机くらいに。あんたは音も、臭いも俺から聞くことはないよ。」

モスクワは彼に、何者であるのかを尋ねた、すると客は書類を提示しながら、自分についてすべてを詳細に説明した。

「もちろんこんなもんさ！」闖入者は言った。「俺はふつうの人間で、何もかもちゃんとしてるよ。」

彼は薪材倉庫の計量係で、エレツ[*27]近辺の生まれであることが判明した、そしてモスクワ・チェスノワは住宅の乏しさと追加面積に対する自分の権利を理由に、共産主義を遠ざける決心がつかなかった、――彼女は黙って間借人に枕と毛布を与えた。間借人は生活をはじめた、毎夜彼は起き上がってはつま先だちになって、彼女を毛布でくるむために、眠っているモスクワのベッドに近づいた、というのは彼女は寝返りをうち、露わになって、育ち盛っていたからである。毎朝彼は決して住まい付きの便所にいかなかったが、それは自分の不快なもので便所を一杯にしたり、水の音をたてたりすることを望まなかったからで、中庭の共用手洗いまで出ていった。チェスノワの住まいでの生活が数日も過ぎると、計量係はもうモスクワの片減りした靴にかかとをつけたり、彼女の秋物のコートをしつこい埃からこっそりときれいにしたり、歓びとともに大家の目覚めを待ちながら、茶を淹れたりした。モスクワは当初計量係をごますりであると罵ったが、そのあとではかような奴隷制を一掃すべく、間借人とのあいだに経済計算制[*28]を導入し――彼に靴下をかがってやったり、安全剃刀で彼のごわごわした髭を顔中剃ってやったりすらするようになった。

ほどなくしてコムソモール組織は、チェスノワを地区軍事部[*29]の臨時作業に配属した――登録漏れの根絶のために。

4

あるとき軍事部の廊下に痩身で蒼ざめた後備役[*30]が、徴兵手帳を手に立っていた。彼にはこう思われた、地区軍事部は長期収容所と同じ匂いがする――遠く離れた生への途切れつつある意欲を自身にふたたびかきたてないように、そのあとで空しさのなか、絶望の侘しさから疲れきってしまうことがないように、意識して質素につましく振る舞っている、苦悶する人躰の生のなさの匂いである。安価な国家予算によってつくられた調度品の無関心なイデオロギー性、それに職員たちのちっぽけさが、訪れた人間に約束していたのは、貧しいあるいは無慈悲な心臓から生起する無感覚だった。

後備役はある窓口で、女性職員が本のなかの詩を読み終えるのを待っていた。後備役は、詩によって一人ひとりの人間はより善くなるものだと考えた——彼自身、自分の人生の青年時代に夜中まで本を読んだし、そのあとはさみしくてどうでもいい気分になったものだった。女性職員は詩を読み終えると、後備役の登録更新にとりかかったが、驚いたことにこの人間は、登録欄の記載によれば、白軍[*31]にも、赤軍にもいたことがなく、全市民軍事教練[*32]も受けておらず、応召教練分所にも一度も出頭したことがなく、地域部隊[*33]にもオソアヴィアヒムの行軍にも参加せず、三年にわたって自分の再登録期限をやり過ごしていた。いかなる方法により、いかなる静謐において後備役が、建物管理部[*34]の警戒心から、旧式の徴兵手帳とともに隠れおおせていたのかは不明である。

　軍女性職員は後備役のほうを見た。彼女の前には、機構の静穏を人々から隔離する仕切りの向こうに、憂鬱な生活のしわや、弱さと忍苦の寂しげな跡に覆われた、長いことやつれた顔の訪問者が立っていた。彼の上に載っている服は、彼の顔に載っている皮膚と同じようにくたびれており、繊維の古くささに浸み込んだ永年の不浄物のみによって、この人物を暖めていた。彼は臆病な狡猾さをもって女性職員を見たが、自分への思いやりは期待していなかったので、しばしば視線を伏せてはまったく眼を閉じた、人生ではなく、闇を見るために。一瞬彼は空の雲を思い浮かべた——彼はそれらを愛していた、なぜなら雲は彼にかかわりがなく、彼は雲にとってよそものであったから。

つい軍事部の奥に目をやって、後備役は驚きからびくりとした。ひたむきな眉によって縁取られた二つの鮮やかな瞳が、彼を何によってもおびやかすことなくこちらを見ていたのである。後備役は何度もどこかでこうした、注意深くて浄い瞳を見ては、いつもそのまなざしに抗して瞬きしたのだった。《こりゃほんものの赤軍だ！》彼は物憂げな恥ずかしさとともに考えた。《やれやれ！ どうして俺は自分の全人生をいたずらに通り過ぎてしまったんだろう、俺自身を扶養するために！……》後備役はいつも諸機構から恐怖、疲弊と、長く耐えねばならない憂愁を予期していた、――それがここでは彼は、同情して自分のことを考えている人間を遠くのほうに見たのである。

《赤軍》は席から立ち上がると、――それは女であることがわかった、――後備役に近づいてきた。彼は彼女の顔の魅力と力にたじろいだが、いたずらに恋に患うことになるかもしれない自分の心臓への哀れみによって、この女性職員から顔をそむけた。近づいてきたモスクワ・チェスノワは彼から徴兵手帳を取り上げると、登録法違反で五十ルーブルの罰金を課した。

「金はないよ、」後備役は言った。「俺はとにかく間に合わせで罰金を払っちゃうのがいいんだけど。」

「で、どうやってです？」モスクワが尋ねた。

「知らないよ、」静かに後備役は言い渡した、「俺は――こんなで生きてるんだ。」

チェスノワは彼の手をとると自分の机のほうに連れていった。

「どうしてあなたはそんなで生きてるんです?」彼女は尋ねた。「何か望んでいるんですか?」

後備役は答えることができなかった。彼はこの職員赤軍女から石鹸と、それから何か愛らしい生活が匂ってくるのを感じていた、自身の孤独のなか、かすかにくすぶっているぬくもりのなかに隠れている、彼の心臓にとってはよそものの生活が。彼は頭を垂れ、自分の惨めな境遇から泣きだしてしまったが、モスクワ・チェスノワは当惑して彼の手を放した。後備役はしばし立ち尽くしたが、ついで引き止められていないことに歓ぶと、登録と危険を回避して、なんとか棺桶までやり過ごすために、自分の知られざるすみかに隠れた。

だがチェスノワは登録更新の書類に彼の住所を見つけて、少しのちに後備役のところにお客にいった。

彼女は長いことバウマン地区[*35]の辺鄙なところをうろうろしたあとで、ようやく後備役のいる、ある小さな賃貸組合住宅《ジャクト》[*36]を探し当てた。それは運営能力のない理事会と赤字の支出バランスをもつ建物で、それゆえその壁はもう何年も新しい塗料によって塗り替えられておらず、ひと気のないがらんとした中庭は、子どもたちの遊びのせいで石さえもすり減っており、だいぶ前から自身への然るべき配慮を求めていた。

悲しみとともにモスクワはこの賃貸組合住宅の壁の脇を抜け、薄暗く照らされた通路を通った、あたかも彼女が辱められたかのように、あるいは彼女が他人のなげやりで不幸な人生の咎を負っていたかのように。モスクワ・チェスノワが建物の、長く延々と続く塀に面した側に出ると、鉄製のひさしがついた石造りのポーチが目に入った、その上では電灯が灯っていた。彼女は周囲を取り巻く大気中のざわめきに耳を傾けた――塀の向こうでは板切れを大地に投げ下ろし、スコップが土壌をかっついているのが聞こえた。鉄製のひさしのそばには何もかぶらぬ禿頭の人間が立って、孤独にバイオリンでマズルカを弾いていた。長き不幸の全歳月を彼の頭上でおくってきた、音楽家の帽子が石板の上に横たわっていた――かつてはそれは青年の頭髪を覆っていたが、いまでは老年を扶養するため、古びた裸の頭のなかのか細い意識を維持するために金を集めていた。

チェスノワはこの帽子に一ルーブルおくと、何かベートーヴェンを弾いてくれるように頼んだ。いかなる言葉も口にせずに、音楽家はマズルカを最後まで弾き終えてから、ようやくそのあとでベートーヴェンをはじめた。モスクワはバイオリン弾きに向かって両足を開いて女っぽく立ち、心臓の近くで波立つ憂いによってふさぎ込んだ顔をした。彼女を取り巻く全世界が、突然荒々しく和解しがたいものになった、――堅くて重苦しい事物だけが世界を構成しており、乱暴で闇のような力があまりの悪意をもって作用したので、その力自身が絶望に陥って、人間の憔悴した声で、おのれの静寂《しじま》のきわで泣いた。そしてふたたびその力は、みずからの鉄の闘技場から立ち上がると、何か自身の冷たい官製の敵、自分の死んだ胴体によって全無辺を占め尽くしているその敵を、叫びの速度をもって打ち倒した。しかしその音楽は、いっさいのメロディを失っていき、軋みを立てる攻勢の叫びに転じながらも、なおありふれた人間の心臓のリズムをもっていたのであり、生活の必要に迫られておこなわれる、力に余る労働のように単純であった。

音楽家は彼女のどんな魅力にも気を惹かれず、冷淡で無関心にモスクワを眺めた、——芸術家として、彼はいつも自分の魂のなかにもっとずっと素晴らしく雄々しい魅力、ありふれた快楽を脇目に意志を前方へとひっぱっていく魅力を感じていたのであり、目に見えるあらゆることよりもそちらを好んでいた。演奏の終わりにさしかかると、バイオリン弾きの眼から涙がこぼれた、——彼は生きることに疲れきっていた、それに、なにより、彼は音楽によって自分を生きてきたのではなかった、彼は撃ち倒せぬ敵の壁のもとに自分の早き非業の死を見出さず、生きたままで老いた貧者となって、英雄的な世界についての最後の空想が低く這い広がる憔悴しきった知性とともに、賃貸組合住宅のひと気のない中庭にいまや立っていたのである。彼に対峙して——塀の向こう側に——長寿および不死探究医療研究所が建設されていたが、老音楽家にはこの建設がベートーヴェンの音楽を継続しているのだということが理解できなかったし、モスクワ・チェスノワはそこで何が建設されているのかを知らなかった。あらゆる音楽は、もしそれが偉大で人間らしいものであったならば、モスクワにプロレタリアートのこと、燃え盛るたいまつをもって革命の夜に走っていた闇のような人間のこと、彼女自身のことを思い起こさせた、そして彼女はそれを領袖[*37]の演説として、また、彼女がいつも言わんとしているが、決して声に出しては言わない自分の言葉[*38]として聞いた。

入口の扉にはベニヤ板がかかり、《賃貸組合住宅理事会ならびに建物管理部》の銘があった。チェスノワは後備役の住まいの番号を知るためにそこに入った、――彼は登録用紙に建物番号だけしか記入していなかったのである。

賃貸組合住宅の事務室までは木造りの廊下が伸びており、その両側にはおそらく子だくさんの家族が暮らしていた――そこではいま、夕食のための食物を互いのあいだで分配しながら、くやしさと不満まじりに子どもらが叫んでいた。木造りの廊下の内部には居住者たちが立ち、およそこの世にあるあらゆるテーマで話しあっていた、――食糧について、中庭の便所の修理について、未来の戦争について、出資金蓄積について、成層圏について、それに地元の耳が聞こえず頭のおかしな洗濯女の死について。廊下の壁にかかっていたのはモープルと、貯蓄局管理部のポスター、乳児の世話規程、通りでの事故によって一本足に縮められた、《Я《ヤー》》の文字の形をした人間、それに生活、効用と災難についてのその他の絵。たくさんの人々がここ、建物管理部の木造りの廊下に、仕事後すぐ、午後五時頃からやってきては、夜半にいたるまで立ちっぱなしで思考し対話していたが、建物管理部の何かの証明書などまれにしか必要としなかった。モスクワ・チェスノワにはこうしたことを知るのは驚くべきことであった。彼女には理解できなかった、どうして人々は賃貸組合住宅に、事務所に、証明書に、小さな幸福のためにすぎぬ地元の必要事に、つまらぬことでの自己消耗にしがみついてきたのか、街には世界的な劇場があり、人生にあってはまだ苦悩の永遠の謎が解決されておらず、外の扉のところでさえバイオリン弾きが、誰にも注意を向けられることなく素晴らしい音楽を奏でていたのに。

老年の建物管理人が、これは人々のざわめきのなかで——煙とさまざまな質問にまみれて——働いてきた人であるが、チェスノワに後備役のすべてについて正確な情報を与えた。彼は二階の廊下に面した第四号室に住んでおり、第三種年金生活者[*39]で、賃貸組合の公共活動家は何度も彼を訪ねては——適時の再登録と、自身の軍籍の手続きが必要であることを説得しようとしたのだが、後備役はもう何年ものあいだそれをすると約束して、翌日の朝から丸々一日を形式面の必要事に割こうとしているにもかかわらず、これまで無意味な理由によって自分の約束を果たさないできた。半年くらい前には建物管理人自身が後備役をこの件で訪ねて、三時間にわたって説諭し、彼の状態を愁いや侘しさ、躰の不浄になぞらえた、まるで彼が歯も磨かず、風呂にも入らず、総じて自分自身に恥辱を与え、それがソヴィエト的人間の批判を目的としてやっているようなものだと。

「あいつにはどうすればいいかわからん、」建物管理人が言った。「賃貸組合住宅全体であんなのはひとりだけだ。」

「それで彼はそもそも何をしてるんです？」モスクワが聞いた。

「あんたに言っただろう。第三類年金生活者、四十五ルーブルもらってる。そう、あいつはあと民警支援協会《オソドミル》[*40]にも入ってる、出かけていっては路面電車の停留場に立って、公衆から罰金をとって、それでまた住まいに帰ってくる……」

モスクワはそうした人間の生活に切なくなり、それで言った。

「何もかもなんてひどいんだろう！……」

建物管理人は彼女に完全に同意した。

「あいつにはいいことなんてないよ！……夏はあいつはよく文化公園に通っていたが、それだって――無駄なことなんだ。オーケストラを聴くでもない、見世物の脇を散歩するでもない、やってきたら民警支部のそばに腰をおろして、一日中そこで座りづめだ――

ちょっとおしゃべりしたり、何かの任務を与えられたり。するとそれをやりにいくってわけだ、——あいつは管理行政の仕事が好きってわけだね、たいした民警支援員だよ……」

「奥さんはいるんですか?」モスクワは聞いた。

「いや、あいつは曖昧なんだ……形式上は独身だ、だが毎晩黙って女たちと過ごしてる、もう何年もずっとだよ。これはあいつの原則的問題なんで、賃貸組合はこの点には立ち入らない……しかしだね——女たちであいつのところに寄ってくるのは非文化的、つまらんのばかりで、あんたのようなのは——初めてだ。おすすめはせんよ。みすぼらしい人間だ……」

モスクワは建物管理部から去った。さっきと同じように音楽家が入口の脇に立っていたが、何も弾いておらず、本人は黙って夜のなかから何かを聞いていた。疾走する黒雲の内を波立ちながら、遠くの照り返しが街の中心の上で揺らめいた。暗闇でふさがれた巨大な空が、路面電車の架線の下部からきらめいた一瞬の鋭い光によって突然に露わになった。近くにあった地元交通のクラブでは若い女性労働者たちの合唱団が歌っており、霊感の力で自分たちの生活を未来の遠いきわにまでいざなっていた。チェスノワはそのクラブに寄って、そこで歌って踊った、それは管理者が若者たちの憩いを気遣って灯りを消さずにいるあいだ続いた。それからモスクワは、どこかステージの裏のベニヤ板の小道具の上で寝入った。むすめ時代の習慣で、彼女自身と同じように疲れて幸福な、一時の女友達を抱きしめながら。

5

ずぼらで不浄であるのは自分の時間を節約しているためであったが、サンビキンは世界の外的な物質を、自身の皮膚の刺激反応であると感じていた。彼は出来事の全世界的な流れを昼も夜も追っていたのであり、物質の非理性的な運命全体に対するおのれの責任に恐怖しながら、彼の知性は生きていた。

毎晩サンビキンは長いこと寝つけなかったが、それはいまこのとき電気で照らされている、ソヴィエトの大地の上での労働について想像しているせいであった。彼は薄板がぎっしりと取り付けられた建物を目にしていた、そこでは眠らぬ人々が行き交い、生々しい木材製の若い板を据え付けて、自身が高みに踏みとどまれるようにしていたが、その高みでは風が吹いており、夕焼けの残滓として夜が世界のきわをゆくのが見える。サンビキンはもどかしさと歓びから自分の手を握りしめたが、それから急に暗闇のなかで考え込み、半時間にいたるまでまばたきするのを忘れていた。彼は知っていた、数千の青年技術者が、自分の勤務番を終えたあとで、いまこのときやはり眠っておらず、不安のなか、寮で、新しい家屋で――国の沃野のすべてで、寝返りをうっており、別のものたちは、休息に横たわったばかりなのに、もうぶつぶつつぶやいて、逆戻りに段々と着替えており、それはふたたび建設現場に出ていくためで、というのも昼は忘れられていたある些事が、夜の事故の恐れとなって彼らの知性を苛みはじめたからだということを。

サンビキンはベッドから起き上がって灯りをつけると、何かにすぐさま着手したいと思いながら興奮して歩き回った。ラジオをつけて聞くと、音楽はもうやっていなかったが、空間はおのれの不安のなかで唸っており、それはまるで人のいない道路のようで、彼はその道路を通って去っていきたかった。そこでサンビキンは研究所の病院に電話して尋ねた――いま緊急手術は入っているかどうか、彼は助手をやれるのだが、と。入っているとの答えが返ってきた。頭に腫瘍のある子どもが運ばれてきた、その腫瘍は分刻みの速さで育っており、少年の意識は暗くなっている。

サンビキンはモスクワの通りに走り出た。路面電車はもう走っておらず、劇場や実験所、あるいは愛するものたちのところから帰宅する女たちのハイヒールが、アスファルトの歩道を音をたてて打っていた。サンビキンは自分の長い両足を動かしながら、素早くバウマン地区まで駆けつけたが、そこでは特殊目的医療実験研究所[*41]が建てられていたのである。研究所はまだ最終的には内装がなされておらず、現時点では二つの部局のみが活動していた――外科部と電気治療部[*42]が。研究所の中庭はパイプ、板、荷車や学術器具の入った箱で一杯になっていた。子どもの背丈ほどの塀が、建設現場をどこかの居住用の建物から隔てていたが、傾いてすっかりうなだれていた。

この中庭でサンビキンは突然に悲しい音楽を耳にしたが、それはメロディよりも、耐え抜かれ、忘却のなかに残された何かのはっきりしない思い出によって彼の心臓に触れた。彼はかたとき耳を傾けた。音楽はみじめな塀の向こう側で鳴っていた。サンビキンは塀によじのぼって、年老いた禿頭のバイオリン弾きが誰ひとりいないところで、夜中の二時に演奏しているのを見た。サンビキンは音楽家が演奏している建物入り口の扉の上の表示を読んだ。《賃貸組合住宅理事会ならびに建物管理部》。サンビキンは一ルーブルを取り出して、音楽家に仕事の報いとして渡したく思ったが、バイオリン弾きは断った。彼が言うには、いまは自分のために弾いている、なぜなら憂鬱で、明け方でないと眠ることができないのだが、それまではまだ遠かったからだ……

小さな手術室の脇にはすでに二つの柔らかな酸素ボンベが吊るされて、当直の上級看護婦が立っていた。廊下の端には隔離室があり、その廊下に面した側は一面ガラス張りであったが、そこでは患者の子どもを手術に向けて準備中であった——二人の看護婦が急いで彼の頭を剃っていたのである。少年の左耳の後ろでは、半頭を覆って、熱い褐色の膿と血の詰まった球体が伸び育っており、この球体は彼の衰弱する生命を吸う、子どもの第二の野蛮な頭に似ていた。子どもはベッドに座っており、眠ってはいなかった。七歳くらいであった。彼はうつろな、沈みきったまなざしで、両手を空中に少し上げたが、このとき彼の心臓は痛みで麻痺し、苦しんでおり、容赦されることは期待していなかった。

サンビキンの覚醒した意識のなかで、正確な感覚をもって子どもの病気が立ち上がり、彼は自分の耳の後ろを少しさすって、球体状の腫瘍を探した、——死の膿が凝縮しつつある、知性のない第二の頭を。彼は手術の準備をするために出ていった。着替えながら考えているときに、彼には自分の左耳のなかにざわめきが聞こえた、——これは子どもの頭のなかの膿で、彼の脳を守っている最後の骨板を化学的に侵食して蝕んでいたのである。少年の知性のなかではいまこのときすでにかすみがかかった死が広がっていき、生命はなお骨膜の防御のもとで持ちこたえているが、骨膜の内部に残っていた厚みは一ミリ分にも満たず、弱りつつある骨は膿の圧迫下に震えている。

「彼はいま自分の意識のなかに何を見ているだろう？」サンビキンは病人のことを自分に問うた。「彼は夢を見ているのだ、恐怖から守ってくれる夢を……彼は二人の母親が自分を浴槽で洗ってくれるのを見ている、これは二人の看護婦が彼の髪を剃っているのだ。そして彼はただ一つのことを恐れている、どうして二人の母親が？……彼は家の部屋でいっしょに暮らしている大好きな猫を見ている、この猫はいま彼の頭に食いついた……」

老齢の外科の執刀医がやってきた、彼をサンビキンは補佐しなければならない。老人は準備ができており自分の補佐を招いた。手術を独力でやることはサンビキンにはまだ許されていなかった。彼は二十七歳で、外科のキャリアはようやく二年目を迎えたところであった。

いっさいの音が外科研究所では入念に排されており、合図は信号灯でなされた。当直医の部屋で異なる色の三つのランプがついた——それに続けてほとんど無音でいくつかの行為がなされた。廊下のコルクマットの上をゴムタイヤの低い台車が通り過ぎていき、病人を手術室に運んだ。電機設備工は電気照明を研究所の蓄電池による電源に切り替えて、都市送電網の偶然に照明が左右されないようにして、オゾン化大気を手術室に圧送する装置を稼働させた。手術室のドアが音もなく開いて、特別な装置から病人の子どもの顔に涼しく香気のある風が吹き出した――少年は麻酔を受け、苦痛の最後の痕跡から解放されて、微笑んだ。

「ママ、僕はとてもひどい病気なんだ、僕はいまから切られる、でも僕は全然痛くないよ！」彼は言った、そして、頼りなく、自分が自身にとってよそものになった。生命はまるで彼自身を離れて、遥か遠くにある沈鬱な夢の空想に集中したかのようであった。彼は対象を、自分の印象の全総和を見ていた、――それらの対象は彼の脇を走り過ぎていったが、彼はそれらを見分けていた――ほら、これは忘れていた釘、ずっと昔に握っていたのだ、釘はいまでは錆びつき古びている、これは黒い小さな犬、いつだったかいっしょに中庭で遊んだのだ――その犬はごみのなかに死んで横たわり、頭には割れたガラスの瓶、これは背の低い納屋の鉄葺き屋根、高いところから眺めるためにそこによじ登ったのだ、いまは誰もおらず、鉄板は彼をさみしがっているが、彼はもう長いことといないのだ。夏で、母親の影が大地に落ち、民警隊がいく、でもそのオーケストラの演奏は聞こえない……

老外科医はサンビキンに手術するように勧めた、自分は助手につくというのだ。

「はじめよう！」手術室の明るい片隅で老人が言った。

サンビキンは尖鋭な輝く道具を手にとると、それによってあらゆる物事の本質へと入った――人間の躰へと。尖った、一瞬の矢が両眼の後ろ、少年の知性から放たれ、その躰中を駆けめぐり――少年はそれを空想で追っていた――彼の心臓を打った。少年はびくりと震え、彼を知っていたすべての対象は彼を想って泣きだし、彼の回想の夢は消えた。生命はいっそう下降し、単純で闇のような熱となって、自身の忍耐強い期待のなかで消え残っていた。サンビキンは子どもの熱い躰[*43]を両手で感じ、急いだ。彼は大きく開いた頭の膜のなかから膿を摘出すると、骨に侵入していった、――彼は感染の根源的な病巣を探していたのだ。

「もっとそっと、もっとゆっくり!」老外科医が言った。「脈拍を言って!」彼は上級看護婦に呼びかけた。

「不整脈です、先生」看護婦は言った。「ときどきまったく聞こえなくなります。」

「大丈夫、心臓の惰性は常に偉大だ――もち直す[*44]。」

「彼の頭を押さえて!」サンビキンは看護婦たちに指示した。彼は隙間に膿がひそんでいる骨部の切除にとりかかった。

器具が冷間金属加工のときのように音をたて、サンビキンは叩いて手探りしながら進んだ――もっと深く、あるいはもっと浅く――技術の正確な感覚で。大きな彼の両眼は水分を失いガラスのようにうつろになった――彼にはまばたきする暇がなかった、――蒼ざめた頬は心臓の奥深くから彼を助けにやってきた血の力で浅黒くなった。骨の部位を抜き取りながら、サンビキンは反射鏡の光でそれらを見つめたり、臭いをかいだり、よく知るために押さえつけたりして、上級外科医に手渡した。彼は無関心にそれらを容器に放り捨てた。

脳が近づいてきた。頭蓋骨から骨片をえぐり取りながら、サンビキンはそれらを今度は顕微鏡で調べてみたが、依然そのなかに連鎖状球菌の巣を探していた。子どもの頭のいくつかの箇所で、サンビキンはすでに脳を保護している最後の骨板にまでたどりつき、その表面を死の灰色の襲撃から浄めた。彼の両手はまるでそれら自身が考え、一つひとつの動きの許容範囲を計算しているかのように活動した。連鎖状球菌の除去が進むにつれて、球菌は減っていった、だがサンビキンが最強度の顕微鏡に切り替えると、化膿性の小体の数は急速に減りつつあるものの、完全にはやはりなお消滅していないことが明らかになった。彼は無限の長さの棒で熱量の分布を表す有名な数学の方程式を思い出して、それで手術をやめた。

「タンポンと包帯を！」彼は命令した、なぜなら連鎖状球菌を完全に殲滅するには、病人の頭全体だけではなく、その躰全体を、足の指の爪にいたるまで切り刻まなければならなかったからである。

サンビキンにははっきりしていた、切り裂かれて吸収性のある数千の血管とともに開け広げられた、熱く、無防備な患者の躰は、貪欲に連鎖状球菌をあらゆるところから取り込んでおり――大気から、そしてとりわけ――器具からなのだが、それをまったく浄らかに殺菌することは不可能だということが。もうずっと前に電気手術に移行しておくべきだったのだ――電弧の浄らかで一瞬の青い炎によって、躰と骨に分け入ることに――そうすれば死をもたらすいっさいはおのずと殺され、あらたな連鎖状球菌は傷口に入り込んでも、そこに培養基ではなく焼き尽くされた荒れ野を見出すであろう。

「終了！」サンビキンは言った。

看護婦たちはすでに患者の頭に包帯をしていた。彼女たちは彼の顔を医者たちに向けた。生命の熱は、内部から湧き出で、ばら色の帯となって子どもの蒼ざめた顔を伝い、すぐに脇へ流れていった。それからまた現れ、ふたたび薄くなっていった。彼の眼はほとんど見開かれ、非常に乾燥していたので、網膜組織は乾いて少し皺になっていた……

「彼は死んでる！」老医師が言った。

「いやまだです、」サンビキンは答え、子どものしおれた唇にくちづけした。「彼は生きます。少し酸素を与えて。飲むのは朝まで許さないように。」

病院から退出する際にサンビキンは、女性が震えて痙攣を起こしているのに出くわした

――子どもの母親であった。規則により、また深夜であるために、彼女は通されなかったのである。サンビキンは彼女に会釈して、息子のところに彼女を通してやるよう言いつけた。

朝が輝きだした。サンビキンは塀越しに、隣の賃貸組合住宅のほうを眺めたが、すべてがからっぽで、バイオリン弾きも寝に去っていた。扉からつましい風采の人間が、皺のできた、歳月と苦労によってくたびれた女といっしょに出てきた。彼女の連れは懇々と愛をうけあっていた。サンビキンは聞くともなしに彼の声を聞いた――その声には闇のような胸の寂しさが響き、そのことがこの声を痛切なものにしていた。もっとも、この人間が言っていたのは俗悪なことと愚かなことであるのだが。

「でも戦争が起こったら、あんたはあたしを捨てるんだろ、」おどおどと女が反論した。

「俺が？　いや、ちっとも！　俺はいちばん最後の等級、俺は後備役なんだぜ、ほとんど何でもないんだ……納屋の向こうにいって寝そべってちょっと横になろうよ、魂がまた痛むんだ。」

「あんた部屋であたしを愛し尽くしたんじゃなかったの？」幸せそうに女が驚いた。

「ちょっとじゃないか――全然、」後備役の愛人は言った。「心臓がまだ痛むんだ、冷めないんだ。」

「ありゃ、なんてえ恥知らず《ハムレット》よ！」*45 女がにっこりした。「達者じゃなくなってもこの人はいいんだ！」

彼女はいまこのとき、自分が好かれて、男たちを魅了しているのが誇らしかった。後備役は自身の擦り切れた、よれよれのコートのなかで朝の冷気に縮こまって、女の腕をとって急いでおり、見たところ、できるだけ早くあらゆることから遠ざかりたがっていた……

サンビキンはモスクワをぶらつきに出た。誰もいない路面電車の停留場や、白い表示板の上に書かれた路線番号の無人の黒い数字を見るのは、奇妙で悲しくすらあった、――それらは路面電車の電柱や歩道や広場の電気時計といっしょに、人群れを求め寂しがっていた。

サンビキンは自身の習慣にしたがって、物質の生命に――自分自身に思いをこらした。彼は自分に対して、実験用の動物に対するように、また、全体でありかつ不可解であるものを研究するために彼が手に入れた、世界の一部分に対するように接していた。

彼は始終、途切れることなく考えていた、サンビキンが思索することをとめれば、彼の魂はたちまち病んだ、それで彼はふたたび頭のなかで、世界についての空想に、世界を改造する目的でとりくむのだった。夜には彼は、自分の破壊された思考の夢を見て、それらが昼間もっていた秩序を思い出すように努力しながら、寝床のなかでいたずらにもがき、ついで苦悶して、朝の光と知性の回復された明晰さに歓びながら目を覚ました。彼の長い、枯れ果てた躰は、善良で大きく、いつでもさわがしく、生きて呼吸していた、まるでこの人間は飢《かつ》えており――常に食べることと飲むことを欲していたかのようであり、巨大な顔は悲しげな動物の様を有していたが、鼻だけがあまりにも大きく、巨大な顔にとってさえもよそものであったから、性格の表れのすべてに柔和さを与えることとなった。

家にサンビキンが戻ったのはもう明るい時刻で、このとき夏の偉大な朝はかくも力強く空に燃えていたので、サンビキンにはこう思われたくらいであった――光が轟いている、と。彼が研究所に電話をかけると、返事は――手術を受けた子どもはよく眠っている、体温も下がりつつある、母親も別のベッドで寝入ったということであった。今日の手術のすべてとあらゆる当面の諸問題を考え直したあとでサンビキンは、寂しがり空っぽになっている自分の心臓を感じた――彼にはふたたび活動することが必要であったのだが、それは思索のための課題を手に入れ、魂のなかにある、はっきりせず飢えている、良心にもとることのない絶叫をなだめるためにであった。彼は少ししか寝なかったが、いちばんいいのは大きな仕事のあとで、そういうときは夢も感謝のしるしに彼をそっとしておいたのである。いまは彼の活動は不十分だったので、頭のなかの理性は疲れることができずになお働くことを欲して、眠りを拒否していた。無力に部屋中をしばらくうろうろしたあとで、サンビキンは風呂場にいき、そこで服を脱ぐと、驚愕しながら自分の若者の躰を見つめ、それから何かをつぶやくと、冷たい水に浸かった。水は彼を鎮めてくれたが、彼はその場で理解した、人間とはなお、いかに我流で、非力にこしらえられた存在であるのかを——それは何かもっと本当であるものの模糊とした胚胎や計画にすぎず、この胚胎から、飛びゆく最高の形象を発展させるためには、まだどれだけ働かねばならないのかを、その形象はうずもれているのだ、われらの夢のなかに……

6

夕方コムソモールの地区クラブに若い学者、技師、飛行士、医者、教育者、芸術家、音楽家、それに新しい工場の労働者が集まった。誰も二十七歳以上ということはなかったが、各々がすでにおのれの全祖国中――新世界で有名になっており、各々が早すぎる栄誉を少し恥じ、それが生きることを邪魔していた。クラブの年老いた作業員たちは、不出来のブルジョア時代に自分の人生と才能を取り逃がしてしまっていたが、内的な衰退のひそかなため息をつきながら、二つのホールで家具調度を整えた――一つは会議用で、もう一つは談話と饗宴用であった。

　最初にやってきた人々のうちには、二十四歳の技師セーリンと、しじゅう音楽のことを空想して物思いに耽っているピアニストでコムソモールカのクジミナがいた。

「何か喰らいにいこう！」セーリンが彼女に言った。

「喰らおう、」クジミナが同意した。

　彼らはビュッフェにいった。そこでばら色の強力な食い手であるセーリンは、サラミの乗ったブテルブロード[*46]を一度に八つもたいらげ、クジミナのほうはケーキを二つだけ自分に取った。彼女は演奏のために生きていたのであって、食物消化のためではなかった。

「セーリン、あんたなんでそんなにたくさん食べてるの?」クジミナが尋ねた。「そりゃいいかもしれないけど、あんたを見てるのは恥ずかしい！」

　セーリンは憤慨しながら食べていた、彼は耕すように噛み砕いた――粘り強い労働とともに、自分の両方の頼もしい顎に熱意を込めて。

まもなくして一挙に十人がやってきた。旅行家ゴロヴァチ、機械技師セミョーン・サルトリウス、友達同士の二人の娘——どちらも水力学者、作曲家レフチェンコ、天文学者シツィリン、航空気象官ヴェチキン、成層圏飛行機設計者ムリドバウエル、電気技師グニキンと妻、——だが彼らのあとにもまた人々が聞こえだし、さらに何人かがやってきた。全員がすでに互いに知り合いであった——仕事や、会合や、さまざまな情報を通じて。

会議がはじまるまでのあいだ、各人がおのれの満足に耽っていた——あるものは友情に、あるものは食べ物に、あるものは未解決の課題に向けた諸問題に、あるものは音楽とダンスに。クジミナは新しいピアノのある小さな部屋を見つけ、そこでベートーヴェンの第九交響曲を快楽を覚えながら弾いた——全楽章を、一つずつ、記憶に頼って。この音楽の深い自由と励起された思想から、また彼女自身はこのようには作れないというエゴイスティックな憂いから、彼女の心臓は締めつけられた。電気技師グニキンはクジミナを聴きながら、宇宙を撃ち抜く電気の高振動について、人間の意識を吸い込む高層の放電界の空虚について考えた……ムリドバウエルは音楽のなかに、遠くにあり軽い、空中の国々の像を見ていた、そこには黒い空があり、その合間には瞬くことのない太陽が、おのれの光の死せる白熱を帯びてかかっており、そこで——暖かでぼんやりとした緑色の大地から遠く離れて——本物の本格的な宇宙がはじまるのである。それは無声の空間であり、ときどき星の信号を灯すのだ――道はだいぶ前から自由で、開かれていると……さっさと地上の重苦しい厄介ごとにけりをつけることだ、そしてあの老スターリンに、人類史の速度と圧力を地球の引力圏の外に向けてもらおう――地上に偉大なる教育をほどこすために――以前から理性がおこなうことを定められていた勇気ある行動のなかで、その理性に偉大なる教育をほどこすために。

少しあとでモスクワ・チェスノワもここにやってきて、自分の同志たちを目にすること、それに最高の運命を遂行すべく彼女の生命を鼓舞してくれる音楽を聴くことの歓びから、黙って微笑んでいた。

誰よりも遅くにクラブに外科医サンビキンが現れた。彼はたったいま研究所の病院にいたばかりで、彼によって手術された少年にみずから包帯をまいてやっていたのである。彼はおのれの骨のなかに、生命と運動よりも苦悩と死のほうをはるかに多く圧縮している、人間の躰のつくりがもつ悲痛に押しひしがれてやってきたのであった。そしてサンビキンにとって奇妙なことであったが、気分はよいのであった――自分自身の配慮と責任感を緊張させていたなかにあって。彼の知性のすべては思考に満たされ、心臓は穏やかに正しく鼓動しており、彼にはこれ以上の幸福はいらなかった、――それと同時に彼は、自分の密かなこの快楽の意識のせいで恥ずかしくなってきた……彼はすでにクラブから去って、死に関する自分の研究のために、夜、研究所でもう一働きしたかったのだが、突然、通り過ぎていくモスクワ・チェスノワを目にした。彼女の外貌のはっきりとしない魅力はサンビキンを驚かせた。顔のつつましさとはにかみさえもの背後に隠されている力と輝ける意気込みとを彼は見た。会議の始まりを告げるベルが鳴った。みなサンビキンがいた部屋を出ていったが、ひとりチェスノワだけが、ストッキングをしっかり履くために残っていた。ストッキングにけりをつけたとき、彼女が目にしたのは、自分のほうを見つめているサンビキンひとりであった。遠慮とぎこちなさから——同じ世界に生き、同じ事業をおこなっているのに、知り合いではないということへの——彼女は彼に会釈した。サンビキンは彼女に近づいていって、彼らはいっしょに会議を聞きに向かった。

彼らは並んで座り、演説、讃美や挨拶にまじってサンビキンは、モスクワの胸のなかの心臓の鼓動がはっきりと聞こえた。彼は彼女の耳元にささやいて尋ねた。

「どうしてあなたの心臓はそんなに鳴っているのです？……僕にはそれが聞こえますよ！」

「これは飛びたがってるんです、それで脈打ってるんです、」微笑みながらモスクワはサンビキンにささやいた。「あたしはだってパラシュート士なんです！」

《人間の躰は、消え去った数千年ほどの昔には、飛んでいたのだ、》とサンビキンは少し考えた。《人間の胸郭はたたみ込まれた翼なのだ》。彼は自分の熱くなった頭を確かめてみた――そこでもやはり何かが脈打って、闇のようなひとりきりの狭さという房から飛び去ることを欲していた。

会合のあとで共同の夕食と娯楽の時間がきた。若い客たちは共同の食卓につくに先立って、多くの部屋に散った。

機械技師のサルトリウスがモスクワ・チェスノワをダンスに誘ったので、彼女は出ていって彼と旋回しながら、好奇心を込めて、精密産業部門の有名な発明家、技師――世界的な設計士の偉大な円形の顔を見つめていた。サルトリウスはモスクワをしっかりとつかまえ、ぎくしゃくと踊り、おずおずと微笑んで、モスクワに対するおのれの抑えられた愛着を露呈させていた。モスクワもまた恋する女として彼を眺めていた――彼女は自分の感情にすぐに身をまかせるのであって、無関心という女の政治を遊ぶことはしないのであった。彼女はこのぱっとしない人物が気に入っていた、背丈は彼女より低く、善良で陰気な顔をしており、おのれの心臓に耐えきることができずに、彼にとっては極端な大胆さに走ったのだ――女性に近づいてダンスに誘うという。だが、じきに彼は、おそらくそのことに退屈してしまい、薄い着物の下で熱くなっているモスクワの躰のぬくもりにも彼の手はもう慣れてしまい、それで彼は何事かをぶつぶつ呟きはじめた。モスクワはそれを聞くと、即座に腹をたてた。

「自分であたしを抱きしめて、自分であたしと踊っておいて、それで全然別のことを考えてるんだ！」彼女は言った。

「僕はこうなんで、」サルトリウスが答えた。

「いますぐ言ってくださいよ、何です――こうなんでって！」モスクワは顔をしかめて踊るのをやめた。

サンビキンが風とともに彼らの脇を通り過ぎた、――彼も踊っており、とても可愛らしいどこかのコムソモールカに調子をあわせていた。モスクワは彼ににっこりした。

「まさかあなたも踊ってるの？　おっかしいひと！」

「全面的に生きないとね！」歩を進めながらサンビキンが彼女に答えた。

「でもあなたそうしたいの？」モスクワが彼に叫んだ。

「いや、そのふりだけ！」サンビキンは彼女に答えた。「理論上ってことさ！」

侮辱を感じたコムソモールカはすぐにサンビキンのもとを離れ、彼は笑いだした。

「ね、早く話して！」わざとらしい真面目さを浮かべてモスクワはサルトリウスに話しかけた。

《もしかしてこの女は馬鹿なのかな？　残念だな！》――サルトリウスは思った。このとき航空気象官のヴェチキンが、それからサンビキンも彼らに近づいてきたので、サルトリウスはモスクワに何も答えることができなかった。ようやく一時間後に彼らが一堂に会したのは――共同の夕食の席でのことだった。

大きな卓には五十人分の用意ができていた。緩慢な死[*47]に耽っているかのような花々が半メートルごとに立っており、死後に発するような芳香がそこからは漂っていた。建設者の妻たちと若い女性技師たちは、共和国の最上質の絹を身にまとっていた――政府は最高の人々を着飾らせたのである。モスクワ・チェスノワはティードレスを着ていたが、それは十[*48]グラムしかなく、実にたくみに仕立てられていたので、モスクワの血管の鼓動すらもその絹の波立ちによって示されたほどであった。すべての男たちは、ずぼらなサンビキンや毛むくじゃらでさみしげなヴェチキンも例外ではなく、薄手の生地でできた、簡素で高価なスーツでやってきた。ずさんで汚らしい服装でいたりなどすれば、選り抜きの善意によって出席者たちを食べさせ、着せてきた国、みずからはこの青年たちの力と圧力、その労働と才能によって成長している国を、貧しさによって非難することになってしまっただろう。

小さいコムソモールのオーケストラが、開け放たれた扉の向こうのバルコニーで小品を演奏していた。広々とした夜の大気がバルコニーの扉を抜けてホールに流れ込み、花々は長い卓上で息づき、いっそう強く香気を放ち、失われた大地におのれが生きていると感じていた。太古の都市は新しい建設現場のようにざわめいて明かりに輝き、ときどき通行人の笑いや声が通りからここ、クラブにまで聞こえてきて、チェスノワ・モスクワは外に出ていってすべての人を夕食に誘いたくなった。どちらにしても社会主義が到来しつつあるのだ！　彼女はときにあまりに素敵な気持ちになったので、どうにかして自分自身を、服を着ている自分の躰を捨て去って、別の人間になりたいと望んだ——グニキンの妻、サンビキン、後備役、サルトリウス、ウクライナのコルホーズ*49農婦に……

「電気器具」工場製のシャンデリアが、青白く柔らかいエネルギーで人々と豪華な調度とを包んでいた。軽めの食前のつまみが卓上に出ていたが、メインの夕食はまだ遠くの調理場の炉のなかで加熱されていた。

集まったものたちは、生まれつきか、それとも高揚とまだ終わってはいない若さのせいか美しく、長いことかけて自分の席を定め、いちばんよい隣席の相手を探していたが、結局のところ一度に全員の近くに座りたいと願っていた。

そして彼ら、三十人が席につくと、彼らの内部の生きた才能が、互いに駆りたてられて、増幅し、彼らのあいだには生の誠実さに満ち、知的友愛の幸福な競争にいそしむ、共同の天才が生まれるのであった。しかし、相互関係における鋭敏に調律された思慮、それはどっちつかずの策で勝利が得られるものではない、困難な技術文化のなかで獲得されたものなのだが、――振る舞いにおけるこの思慮は、愚かさも、感傷も、うぬぼれも許さなかった。出席者たちは自然の気の滅入るような尺度について、歴史の距離について、未来の時間の長さについて、そして自分の力の実際の規模について、知っていたか、あるいは感づいていた。彼らは合理的な実践家であり、空虚な誘惑には買収されなかった。

　誰よりもせっかちで無分別であったのはモスクワ・チェスノワであった。彼女は誰のことも待たずにワインを一杯飲み干してしまい、歓びと不慣れから赤くなった。サルトリウスはこれに気づいて、田舎の土地に似た、不正確な幅広の顔で彼女に微笑みかけた。彼の父方の姓はサルトリウスではなくジュイボロダ[*50]といい、農婦であった母親は自分の内臓のなか、温かい咀嚼された黒パンの隣で彼を育んだのだった。

　サンビキンもまたチェスノワを観察しており、彼女のことで思いをめぐらせていた。彼は彼女を愛するべきか、そうすべきではないか。総じて彼女は感じがよかったし、誰のものでもなかったが、この女への愛着を収納するには、どれだけの思考と感情を自分の躰と心臓から追い出さなければならないだろう？　それにそうしたところでチェスノワは彼に忠実にはならないだろうし、人生のざわめきのすべてをひとりの人間のささやきにとりかえるなんてことは彼女には決してできはしない。

《だめだ、俺は彼女を愛さないだろうし、愛せない！》サンビキンは永久に決意した。《まして、何らかのかたちで彼女の躰に傷をつけざるをえなくなるだろうが、俺は素晴らしいのだと昼も夜も嘘をつくのはつらい……いやだ、苦しい！》彼は自分の思索の流れに夢中になって、出席者すべてのことを忘れてしまった。出席者たちのほうは、豪奢で美味な食卓についていたものの、わずかに、少しずつしか食べておらず、彼らは自然との、また階級敵との戦いの困苦のなかで、労働と忍耐によってコルホーズ員により獲得された、貴重な食べ物を惜しんでいたのである。ひとりモスクワ・チェスノワだけが夢中になって、猛獣のように食べ、飲んでいた。彼女はさまざまな馬鹿げたことを語り、サルトリウスをからかい、恥を感じていたのだが、その恥は、自分の恥ずべき状態をさみしく意識している彼女の嘘つきで俗な知性から、彼女の心臓へと忍び入ってきたのである。誰もチェスノワを侮辱しなかったし、彼女が力尽きてしまって自分から黙り込まないうちは、彼女をとめることもなかった。サンビキンは、愚かさとはまだ自分の目的と情熱とを見つけることなくさまよっている感情の自然な表れであることを知っていたし、サルトリウスは彼女の振る舞いとは関係なしにモスクワにみとれていた。彼はすでに彼女のことを生きた真実として愛しており、自分の歓びを通して曖昧かつ不確かに彼女を見ていたのである。

人々がざわめきたっている、もう遅い夜の時間になって、ホールにこっそりとヴィクトル・ヴァシリエヴィチ・ボシュコが入ってきて、気づかれぬようにと願いながら、壁際にある長椅子に腰をおろした。彼は赤くなっている陽気なモスクワ・チェスノワを目にすると、彼女への恐怖からびくりと震えた。誰か若い学者らしい人物が彼女に近づいていって、彼女に向けて歌った。

君は酔っぱらって歩いてる、
君は全身もう真っ青だ、
とってもかわいい
貞節な女ともだち……

モスクワはこれを聞くと両手で顔を覆ったが、泣きだしてしまったのか、おのれを恥じていたのかは——わからない。サルトリウスはこのときヴェチキンとムリドバウエルを相手に議論していた。サルトリウスが論証しようとしたのは、階級的人間ののち、地上には、洞察力に満ちた[*51]技術的な生物が生きることになるだろうということであった、実践的に、労働を介して全世界を知覚するような……歴史を創始した古代の人々も、やはり技術的な生物であった。ギリシアの諸都市、港、迷宮、オリュンポス山さえも——サイクロプス、すなわち隻眼の労働者によって建設されたのであり、彼らは古代の貴族によって片眼を潰されたのだ――彼らが国々や、神々のすまいや、海原の船舶をつくることを運命づけられたプロレタリアートであること、そして隻眼のものには救いはないことのしるしとして。三千年か四千年、百世代が過ぎて、サイクロプスの末裔は歴史の迷宮の闇から自然の光のもとへと抜け出して、彼らは地球の六分の一をわがものとしたのであり、地球の残りの部分はすべて、彼らをただ待ちわびて生きているのである。ゼウス神でさえおそらくは、オリュンポスの丘の盛り土労働に従事し、上方にあるあばらやに暮らし、古典古代の貴族種族の記憶に姿をとどめた、最後のサイクロプスであったのだ。かの太古の時代のブルジョアジーは愚かではなかった――彼らは死んだ偉大な労働者たちを神々の列に移したが、それは彼らが、快楽なしの創造を理解できなかったとはいえ、斃れていったものたちが無言のうちに最上権力――労働能力と労働の魂――すなわち技術を有していたことに、ひそかに驚いていた[*52]からである。

　サルトリウスは立ち上がるとワインのはいったカップを手にとった。低い背で、生活に活気づけられたいつもの顔で、思考された想像にふけっていた彼は、幸福で魅力的であった。チェスノワ・モスクワは彼に見とれ、いつか彼にキスするのだと決めた。話すのをやめた自分の同志たちのあいだで彼は述べた。

「無名のサイクロプスたちのために乾杯しよう、疲れきって斃れたわれらのすべての父祖たちの思い出のために、技術――人間の真の魂のために！」

みながいっせいに杯を干し、楽士たちがヤズィコフ*53の詩につけられた古い歌の演奏をはじめた。

嵐の高波を越えた先に
至福の国がある、
天蓋はそこでは陰らず、
静寂が通り過ぎることなし

ボシュコはおとなしく目立たずに座っていた。彼は、この夕べの参加者以上に歓んでいた、彼は知っていたのだ、嵐は通り過ぎつつあるし、至福の国は窓の向こうに、星々と電気に照らされて広がっていることを。彼は惜しむように、黙々とこの国を愛しており、その徳からこぼれ落ちる一つひとつのかけらを拾い上げて、国が全きままで残るようにしていた。

豪奢な夕食が供された。人々は大事にそれを味わいはじめたが、セミョーン・サルトリウスはもう何も食べることも飲むこともできなかった。チェスノワ・モスクワへの愛の苦悩が彼の躰と心臓のすべてでいっぺんに燃えはじめ、そのため彼はあたかも胸に不具合が生じたかのように、口を開けて力を込めて呼吸した。モスクワは遠くから、謎のように彼に笑いかけ、彼女の不可解な生命はぬくもりと不安となってサルトリウスまで伝わってきたが、彼女の透徹したまなざしは無関心に、ありふれた事実に対するように彼を見ていた。《えい、物理の畜生め！》サルトリウスは自身の境遇を理解した。《まあ、それこそが俺がいまやらねばならんことだ、馬鹿なまねと個人の幸福を別とすれば！》

　遠く離れた機械の緊張に支えられている都会の夜が、屋外の闇のなかで光を発していた。数百万の人々によって暖められ、かきたてられた大気が、切なさとなってサルトリウスの心臓にしみいった。彼はバルコニーに出ると、星を見やり、人の話で聞き知っていた古い言葉をささやいた。《おお神よ！》サンビキンはあいかわらず食卓についたまま、食べ物に手をつけずにいた。彼は自身の考えによって明日の朝よりも遠くへと連れ去られ、海にかかる霧のなかにいるようにぼんやりと、未来の不死を見つめていた。彼は、生命の長く続く力、あるいはおそらく生命の永遠を、斃れた生物の死体から手に入れることを望んでいた。数年前、人々の死んだ躰の中身をひっかきまわしながら、彼は心臓から、脳から、それに性分泌腺から薄い切片を摘出した。サンビキンはそれらを顕微鏡で調べ、切片中にある何か未知の物質の薄れかけた痕跡に気づいた。そのあとで、これらのほとんど消えつつあった痕跡の化学反応、電気反応、それに光作用を実験してみたところ、彼は未知の物質が腐食性の生命エネルギーを有していること、だがそれは死者の内部にしか存在せず、生者の内部にはないこと、生者の内部には死の斑点が——破滅よりもずっと前に蓄積されていることを発見した。サンビキンは当時、丸々何年ものあいだ当惑していたし、現在彼の当惑はなお過ぎ去ってはいなかった。遺体はじつは、短期間であるとはいえ、最も圧力をもつ先鋭な生命の貯蔵庫なのである。より精密に調べ、ほとんど絶え間なく考えるうちに、サンビキンは死の瞬間に人間の躰の内部では何か秘密の水門が開かれて、そこから有機体中に特別な液体が、致死性の膿に対して毒性をもち、疲弊の塵芥を洗い流し、最高の危険のときまで、全生涯を通じて大切に保存されている液体があふれ出すのではないかと察知しはじめた。だが、闇のなか、生命の最後の貯えをつましく忠実に保持している人間の躰の峡谷において、その水門はどこにあるのだろう？　ただ死だけが、躰中を伝わるとき、予備の、圧縮された生命のこの封印を解き放つのであって、その生命は不発に終わる発砲のように、人間の内部で最後の一回鳴り響いて、その死んだ心臓に曖昧な痕跡を残すのだ……新鮮な遺体はその全体に、秘密の、消えてしまった物質の痕跡が浸透しており、死者のそれぞれの部分は、生きて残ったものたちのための、創造の力を蔵しているのである。サンビキンは死者を、生者の長寿と健康を育むための力へと変えることを想定してみた。彼は、人間の内部をその最後の呼吸の瞬間に洗い浄める、その幼年性の液体のもつ純潔性と威力とを理解していた。この液体は、生きてはいるが活気を失っている人間に補給されれば、その人をまっすぐで、堅固で、幸福にすることができるのだ……

彼[*54]は長いこと立っていた。すべてのことがいまや、彼にとっては未決であり無関係であった。見知らぬ人たちが路面電車に乗って通りをいき、運行の響きも話し声もまったくの遠くからサルトリウスの耳に届いた。彼は病人や孤独な人のように、それらを関心も好奇心ももたずに聞いていた。彼はいますぐ家へと立ち去って、毛布の下に横たわり、自分の突然の痛みを暖めたいと望みはじめた、ふたたび出かけねばならなくなる朝までに、それが去ってくれるように。

彼の背後では同年代のものたちが、自分の成功の意識と未来の技術の夢とを楽しんでいた。ムリドバウエルは高度五十キロと数百キロメートルのあいだのどこかにある、大気の層について語っていた。そこにある電磁気、光、温度の条件のもとでは、どんな生きた有機体も疲弊せず、死ぬこともなくなり、すみれ色の空間のあいだで永遠に存在できるようになるであろう。これは古代の人々の《天》であったし、未来のものたちの幸福の国である。低層を這う嵐のかなたに、実際に至福の国があるのだ。ムリドバウエルは近い将来の成層圏の征服と、空中の不死の国がある、世界の青い高みへのさらなる侵入を予言した。そのとき人間は有翼となり、大地は動物たちに遺され、ふたたび、永遠に、太古の乙女のごとき密林が生い茂るだろう。《それに動物たちもそのことを予感しているんだよ！》確信をもってムリドバウエルは言った。《彼らの眼を見つめると、僕には思われるんだ――彼らはこう考えていると。いったいこれはいつ終わるんですか、いったいいつになればあなたたちは私たちのもとを去るんですか！　動物たちは考えてるんだ。いったいいつになれば人間は自分たちの運命を彼らだけにまかせて去ってくれるのだろう！》

サルトリウスはつまらなそうに微笑んだ。彼はいま、地中の最も深くにとどまって、空《から》の墓穴でもいいから収まって、モスクワ・チェスノワと離れることなく死ぬまで過ごしたかった。しかし、子どものときから自分を見てくれていたこれらの夜の星々に答えを返さずにいること、労働によって、また人々の接近の感情によって満たされた普遍的な生活にかかわりをもたずにいることは彼にはつらかったし、頭をうなだれて、愛というひたむきで孤独な思いを抱えて、物言わず街を歩くことを彼は恐れていたし、図面に描かれている理念で一杯の自分の机、愛用のあまり痛めてしまった自分の鉄製のベッド、仕事の夜々の闇と静寂のなかでの彼の忍耐強い目撃者である卓上ランプに無関心になってしまいたくはなかった……サルトリウスはワイシャツの下の自身の胸を撫でさすり、みずからにこう言った。《消え失せろ、僕をまたひとりにしてくれ、忌まわしい自然の力よ！　僕はただの技師で合理主義者だ、僕はおまえを拒否する、女として、愛として……原子塵と電子の前にひざまずくほうがよいのだ！》だが、彼の眼前で火となりざわめきとなって這っている世界は、もはやおのれの響きのなかで消えゆき、彼の心臓の暗い敷居を跨ぎつつあって、おのれのあとには地上で唯一の、最も心に迫る存在だけを、生あるものとして残そうとしていた。いったい彼はそれを拒否して、原子や、ちりや、塵芥にひざまずくのだろうか？

　モスクワ・チェスノワがサルトリウスのいるバルコニーへと出てきた。彼女は笑みを浮かべながら彼に言った。

「どうしてあなたはそんなに悲しそうなの……あなた、あたしのこと好きなの、それとも違う？」

　彼女は彼に微笑んでいる口元のぬくもりを吹きかけ、着ているものが衣擦れの音をたてた、──悪意と勇気との侘しい気分がサルトリウスをとらえた。彼は彼女に答えた。

「違う。僕が愛しているのは別のモスクワだ──街のことだ。」

「そう、じゃ何でもない、」チェスノワは進んで和解した。「夕食にいきましょう……あそこでは誰よりもたくさん同志セーリンが食べてるの……すっかり食べすぎて、真っ赤になって座ってるのに、彼の眼だけはずっと悲しそう。どうしてか知ってる？」

「いや、」静かにサルトリウスが答えた。「僕だって悲しいんだ。」モスクワが闇のなかで、彼の均整のとれない顔をじっと見つめると、見開かれた目もとから涙が顔をつたっていた。

「泣かないほうがいい、」モスクワが言った。「あたしもあなたのことが好き……」

「あなたはうそをついてる、」サルトリウスは信じなかった。

「いえ、ほんと、——ほんとだって！」チェスノワが叫んだ。「早くここからいきましょう……」

彼らが腕を組んで、意気軒高な友人たちのあいだを縫っていったとき、サンビキンが、まばたきを忘れ、個人的な幸福から遠く離れた彼方への思索へとそらされていた自分の眼で、彼らのほうを見た。出口のところでモスクワの胸の前に現れたのはボシュコで、敬意を込めて、粘り強い頼みごとをした。チェスノワは彼のことを大変に歓んだので、卓上からケーキを一切れひっつかむと、すぐにボシュコに振る舞ったほどであった。

ヴィクトル・ヴァシリエヴィチはいまでは計量器製造トラスト[*55]に勤務しており、分銅と秤《はかり》をめぐる心配事にすっかり没頭していた。すべてのコルホーズとソフホーズのため、それに全ソヴィエト商業のために秤を安価でつくれるようにすべく、単純で正確な秤を発明できる、かくも高名な技師を紹介してくれるよう、彼はモスクワ・イワノヴナに頼んだ[*56]。

サルトリウスの憂いは目に入れず、ボシュコはここでまた述べ立てた、国民経済の大規模で目につかぬ災禍について、コルホーズにおける社会主義の追加的な諸困難について、労働日[*57]の評価切り下げについて、分銅、秤、棹秤の不正確さに基づき繰り広げられている富農[*58]の手口について、協同組合と配給所での労働者消費者による意図的ではないにせよ大衆規模のごまかしについて……そしてこれらのことすべてが生じているのはひとえに、国家が保有する秤の総ストックが旧式であり、秤の構造が時代遅れであり、新しい計量機器を製造するための金属と木材が不足しているせいなのである。

「申し訳ありませんね、こんなところにうっかりきてしまって、」ボシュコが言った。「自分がつまらないってことは、わかってます。ここでお話しされていて、私には聞こえてきました、人間がまもなく飛ぶようになって幸福になるんだって。私はこうしたことをいつだって満足をもって聞くでしょうけど、当面は私たちに必要なのはわずかなことです……私たちに必要なのは穀粒や脱穀した粒をコルホーズで正確に量れることです。」

モスクワは自分のうつろいやすい気質がもつ柔和さでもって、彼に微笑んだ。

「あなたは素晴らしい、われらのソヴィエト人ね！……サルトリウス、明日すぐにこの人たちのトラストに出向いて、いちばん安くて、いちばん単純な秤の図面を彼らに引いてあげて——正しい秤ができるように！」

サルトリウスは考え込んだ。

「それは難しい、」彼は正直に言った。「蒸気機関車を改良するほうが、秤よりも簡単だ。秤はすでに数千年働いている……これは水を汲むために新しい桶を発明するのと同じようなことだよ。でも、あなたのトラストにはうかがって、できるかぎりのことはお助けします。」

ボシュコは自分の機関の住所を渡すと、幸福を抱えて自分の部屋に去っていった、そこでは全世界との通信というふいつもの仕事が彼を待っていたのである。

7

彼らはほとんど最終の路面電車で郊外にきたので、戻ることはできなかった。遠方の電気の照り返しを天空は逆に大地に反射しており、とても貧弱な光はこの地のライ麦畑にまでとどき、早朝のかすかな曙光のようにその穂先に横たわっていた。だがまだ深夜であった。

チェスノワ・モスクワは靴を脱ぐと裸足で野原の柔らかなところを歩きはじめた。サルトリウスは怖れと歓びを感じながら彼女を見守った。彼女がいま何をしても、そのすべてが彼の心臓に震えをもたらしたのであり、彼は心臓のなかで広がっている不穏で危険な生におののいていた。彼は彼女のあとを歩いていたが、しじゅうつい遅れ気味になって、また彼女のことを単調に考えていたのであるが、あまりに感動しながらそうしていたので、もしモスクワがしゃがみこんでおしっこでもしようものなら、サルトリウスは泣きだしてしまったであろう。

チェスノワが彼に靴をもたせると、彼はこっそりとその匂いをかぎ、舌で触れさえした。いまやモスクワ・チェスノワと、彼女にかかわっていたすべては、もっとも不浄なものでさえも、サルトリウスのなかにいかなる嫌悪感も引き起こさなかったし、彼女から排出されたものも彼は極度の好奇心をもって見つめることができたであろう、なぜならば排出物もまたほんの少し前には素晴らしい人間の一部を構成していたのであるから。

「同志サルトリウス、あたしたちこれから何をするの？」モスクワが聞いた。「だってまだ夜だし、もうすぐ露がおりてくる……」

「知らないよ、」不愛想にサルトリウスが答えた。「僕は多分あなたを愛するということになるんだろう。」

「ほら、コルホーズが窪地で眠ってる、」チェスノワが遠くを指した。「あそこではいま穀物が匂って、子どもらは納屋で寝息をたてている。雌牛たちはどこか放牧場で横になって、彼らの上では夜明けの霧がはじまっている……こうしたすべてを見ること、生きることが、あたしはどれだけ好きだか！」

　サルトリウスにとってはいまや、すべての雌牛も、寝息をたてて眠っている子どもらも同じことであった。彼は大地が荒野になってくれないものか、そしてモスクワがどこにも自分の注意をそらすことなく、すっかり彼だけに集中してくれないものかと望んでさえいた。

　早朝にモスクワとサルトリウスは測量用の穴に腰をおろしたが、穴には暖かな雑草が生い茂り、その雑草はフートル[*59]にいる富農のようにここで耕地から身を隠していた。

　サルトリウスはチェスノワの手をとった。自然とは、――思考の奔流となって理知のなかを流れ、心臓を前へと追い立て、視線の前で展開していたもののすべてであり、常になじみがなく、原初的であるのだが――繁茂した草、人生の唯一の日々、広大な空、人々の近づいた顔であり、――いまやその自然が、サルトリウスにとっては一つの躰に合流して、彼女の衣服の境界、彼女の裸足の端で終わったのであった。

　自分の全青春をサルトリウスは物理学と力学の勉強で過ごした。彼は無限を物体として計算することに心血を注ぎ、その作用のもつ経済原則を見出さんと努めた。彼は人間の意識の流れ自体のうちに、自然と共鳴して働き、それゆえにそのすべての真理を反映する、――たとえ生ける偶然の力であるにしても、そのような思考を発見したかったのであり、その思考を彼は計算式として永久に固定することを期待していた。だが彼はいま、いかなる思考も意識してはいなかった、なぜならば彼の頭に心臓が入り込み、そこで、眼球の上で脈打っていたからである。サルトリウスは、かたくて肉付きがよい、乏しくてぎゅっと圧縮された感情の貯水池のようなモスクワの手をさすった。

「セミョーン、それであなたはあたしに何を望んでるの？」チェスノワはおとなしく尋ね、善きことに身構えていた。

「僕はあなたと結婚したい、」サルトリウスが言った。「それ以上望むべきことなんて僕は知らない。」

　モスクワは考え込んで、若くて貪欲な口で雑草の茎を食《は》んだ。

「愛してれば、それ以上望むべきことなんてないってのは、ほんとね。そんなの馬鹿げてるって言うけど！」

「言わせておけばいい」陰気にサルトリウスが口にした。「彼らはただそう言うだけで、自身では多分愛してなんかいないんだ……だが、何をすべきなんだろう、僕が君なしでは苦しいときには！」

「あんた、あたしを抱きしめてよ、あたしもあんたにそうする。」

サルトリウスは彼女を抱きしめた。

「どう、あんた、苦しいのがましになった？」

「いや、おんなじだ」サルトリウスが答えた。

「それじゃあたしたち結婚しなくちゃね」モスクワが同意した。

けがれのない、毎日と同じ朝が地元のコルホーズと巨大都市の郊外を照らし出したとき、チェスノワとサルトリウスはまだ測量用の穴のなかにいた。モスクワのすべてを完全に、彼女の躰の暖かさのすべても、献身も、幸福も知ってしまってから、サルトリウスは驚きと恐怖をもって、彼の愛が衰えるどころか昂まったこと、そして彼は本質的に何も得ておらず、これまでと変わらずに不幸なままであったことを感じた。つまり、この方法では人間を手に入れて、その人とともに本当に生命を分かちあうことはできなかったのである。では、どうあるべきなのか？　サルトリウスは何も知らなかった。

モスクワ・チェスノワはあおむけに横たわっていた。彼女の頭上の空は、はじめは水のようであったが、ついで空色に、石のようになり、それから金色に、ゆらめくものに変わった、まるで花々に覆われているかのように、——太陽がウラルの彼方で昇り、こちらに近づいてきた。

モスクワは穴から抜け出して、身の上で服の端を直すと、靴を履き、ひとりで街へと歩きはじめた。サルトリウスに彼女は言った、彼の妻にはあとでなる、と。ひとまず彼はボシュコの勤務している秤と分銅トラストで働くべきで、必要になれば彼女は彼を見つけると。

非力でちっぽけなものとして、彼女のあとからサルトリウスが這い出てきた。明け方、草の生えきらぬ草原の虚ろのなかに彼はひとり立っていたが、すっかり汚れてしまって悲しげであり、終わったあとの戦場にあって生き残った戦士のようであった。

「何で君はいっちゃうんだ、モスクワ？　だって僕は君のことをいよいよ愛しているのに！」

モスクワは彼のほうに振り向いた。

「あたしはあんたを捨てるんじゃない、セミョーン！　戻るって言ったでしょ……あたしもあんたのことが好き。」

「じゃあどうして僕から去っていくんだ？　こっちにまたもういちど戻ってきてくれよ。」チェスノワは十歩ほど離れたところで当惑しながら立っていた。

「あたしは残念なの、セミョーン……」

「何が君は残念なんだ？」

「あたしは何かが残念なの……どれだけあたしが生きても、あたしの生活は自分が望むようには決してならない。」

モスクワは顔をしかめると、背の高いライ麦の生えている境目で、悔しさを感じながら立っていた。太陽は彼女の衣服の絹の上で輝き、髪のなかでは彼女が雑草にまみれて集めた朝露の最後の滴が乾いていった。涼しいモスクワ河の低地から軽やかな風が吹きわたり、ライ麦がむくんだ穂先で曖昧につぶやいていた。陽光は思考と微笑みのように土地全体を満たしていたが、ひとりモスクワだけが憂鬱そうで、彼女の美しい服も躰も、やはりこの輝ける自然からつくられたものであったのだが、彼女の悲しい顔と合致しなかった。サルトリウスはふたたびモスクワを人目につかぬ草むらのなかに連れ込んだが、どうして彼らが二人ともこんなに寂しくなってしまったのかを理解できてはいなかった。

「あんた、あたしに構わないで！」モスクワは突然サルトリウスから身を離した。「あたしはあらゆることをやってきた、空も飛んだし、夫たちとも暮らしてた——あんたが最初ってわけじゃないのよ、さみしそうな、あたしの人！」

　チェスノワは顔をそむけると、うつぶせに横たわった。隠された血によって皮膚の下で暖められている[*60]、彼女の大きな、不可解な躰の様子は、サルトリウスにモスクワを抱きしめて、もう一度黙って、大急ぎに、彼女と一緒に自分の生命の一部を消耗することを余儀なくさせた——成し遂げ得る唯一のことだ、——たとえそれが、哀れで不必要なこととなり、本当のところ愛を解決などせずに、ただ人間を疲弊させるだけであるとしても。サルトリウスの抱擁をおしまいまで我慢しきらぬうちに、モスクワは彼のほうに顔を向けると、あざけるように笑みをうかべた、——彼女は自分の愛する人を、何か欺いていた。

　サルトリウスは何事もなかったのと同じように立ち上がった。このことは彼自身を当惑させたのであるが、涙を流して彼を引きずる感情は、どのような慰めも得ることがなかった、——心臓はモスクワのためにあまりにむなしく痛み、まるで彼女が死んでしまったか、たどりつけないものであったかのようであった。

「君はたぶん僕を愛していないんだ！」秘密を解こうとしながら彼は言った。

「違う、愛してる、あんたのことは好き、」モスクワは納得させようとした。「あたし自身、本当につらいんだ。」

　どこか遠くでコルホーズの荷馬車がすでに大地を走りだしていた、そろそろ街に仕事に向かい、解散して互いのもとを去らなければならないときであった。

　モスクワは悔しさを感じながら草の上に座しており、サルトリウスのほうは彼女に対する自分の愛と折り合いをつけた。モスクワと婚姻関係を結んで暮らし、彼女に見とれ、おそらくは――子どもをつくれば、それで十分であろう、感情の痛みもあとになればやんでくれるだろうし、心臓は穏やかで実りある知的活動のために磨耗して永遠に鳴りやむだろう。

「あたしは子どものときに見たんだ」とモスクワが伝えた、「夜に、人が通りを、火のついた棒、たいまつをもって走っていくのを。彼は監獄にいる人たちのところに、そこに火をつけるために走っていた……」

「そんなことは一杯あったよ」サルトリウスが言った。

「あたしはいつもその人のことが気の毒なの、それから彼は殺されたの……」

「それが何だっていうんだ！」サルトリウスは驚いた、「死者はたくさん地中に横たわっているし、すべての死者を一度に思い出して、彼らのために泣くような心臓が現れることは多分決してないだろう。そんなものは要らないんだよ」

　モスクワは少しのあいだ静かになった。彼女はすべてを見つめていた、病人のように、暗くなった眼で。

「セミョーン……あのね。あんたはあたしを嫌いになったほうがいい……だってあたしはもう大勢を愛してきたけど、あんたは――あたしが初めてなんでしょ！　あんたは――娘さんで、あたしは女なのよ！」

サルトリウスは沈黙した。モスクワは彼を片方の腕で抱いた。

「そうよ、セミョーン。嫌いになって！　あたしがどれだけ考え、感じてきたか、あんた知ってる？　ぞっとする！　それで何にもならなかった！」

「何にもならなかったって何が？」サルトリウスが尋ねた。

「生活が何にもならなかったのよ。あたしはそれが決して何にもならないんじゃないかってことが怖くて、それで今ではあたしは急いでるの……あたしは一度、ある女の人を見たんだ、その人は壁に顔を押し当てて泣いていた。つらくて泣いてたのね――彼女は三十四歳だった、それで、その人は自分の過去の時間のことをあまりに激しく嘆いていたので、あたしはこう考えたほどだった――彼女は百ルーブルか、それとももっとなくしたんだって。」

「いや、僕は君が好きなんだ、モスクワ、」陰気にサルトリウスが言った。「僕と君とならば生きるのは素晴らしいことになるだろう！」

「あたしはあんたといっしょなら悪いことになるでしょうよ！」モスクワははねのけた。

「それにあんたにもいいことないわ。ね、どうしてあんた、素晴らしいだなんて嘘を言うの！……何度あたしは自分の人生を誰かと分かちあいたいと願ったことか、それにいまだって願ってる、――あたしは自分の人生をこれっぽっちも惜しんじゃこなかったし、決して惜しんだりしないでしょう！　人々がいなければ、全ソ連《エセセール》*61がなければ、どうしてそれがあたしに要るものか。あたしがコムソモールカなのは、貧しい女の子だったからってわけじゃない……」

　チェスノワは悲しみを込め、真剣さを込めて語った、まるで生き抜いて経験を重ねた老女のようであった、そして、暗い隠遁生活のなかでのように、彼女の胸のなかでいま締めつけられた、自分の心臓の弱さのせいで色あせてしまった。

「あんたに信じてもらえるように、あたしはあんたにキスするわ！」寂しさのあまり逆上したサルトリウスに、彼女はくちづけした。彼はただ恐怖をもって、彼女の歴然たる美しさがいかに早くすたれてしまったのかを目で追っていたのであったが、彼の愛にとってはそれは、なおいっそう力強いものとなった。

「あたしはいまになって思いついた、どうして人々は互いに生活がうまくいかないのか。どうしてかっていえば、愛では結びつくことができないからよ、あたしは何度も結びついたけど、同じこと――全然だめ、ただ快楽みたいなものがあるだけ……あんたはいまこうしてあたしと生きたけれど、それであんた――驚くようなこと、それとも、素晴らしいことになったかしら！　変わらないでしょう……」

「変わらないね……」セミョーン・サルトリウスは同意した。

「あたしは肌がいつも、あれのあとは冷たくなる」とモスクワが口にした。「愛は共産主義にはなれない。あたしは考えて、考えて、わかったんだ、なれないって……愛することは多分しなきゃいけないし、あたしはそれをするでしょう、それは食べ物を食べるのと同じこと、――でもそれは、ただの必要性なのであって、一番大事な生活というわけではない。」

サルトリウスは、全人生をかけて蓄えられた彼の愛が、最初の一回で報われることなく朽ち果ててしまったことに、やるせない思いであった。だが彼は、モスクワの痛ましい省察を理解していた、つまり最良の感情は、ほかの人間をわがものとすること、第二の見知らぬ人生の苦難と幸福を分かち合うことにあるのだが、抱擁のなかの愛は子どもらしい至福の歓び以外には何も与えてくれなかったし、相互存在の秘密に対する人々の憧れという課題を解決することもなかったのである。

「僕らはいまや、どうあるべきなんだろう？」サルトリウスが聞いた。

「あたしたち、まだ長いわよ」モスクワが微笑んだ。「あんたはあたしを待ってて、あんたは秤と分銅の工場でボシュコと働いててよ、あたしはまたあんたのところに行くから……でもいまは、あたしは去る。」

「どこに？　まだ僕と座っててくれよ、」サルトリウスが頼んだ。

「だめ、去らなきゃ、」モスクワは言って、大地から立ち上がった。

太陽はすでに空で小さくなっており、集中された白熱光を放っていた。近くにある建設現場では引込線の蒸気機関車が、すぐそばで汽笛を鳴らした。粒のような飛行機が訓練飛行で空を飛んでいき、五トントラックが土壌を埃へと砕きながら、地面の上、丸太を運んでいった、――暑さと労働が朝から大地に広がっていった。

モスクワは両腕で彼の頭を抱きしめ、サルトリウスに別れを告げた。彼女はふたたび幸福であった、彼女は去っていきたかった、知られざる快楽の予感によって彼女の心臓を長いこと焦らしてきた無数の人生のなかに、――ひしめき合う人々の闇のなかに、彼らとともに自分の存在の秘密を生き尽くすために。

彼女は自分の充足感を内に秘めながら、満ち足りて去っていった。着ているものを脱ぎ捨てて、前へと駆け出したくなった、まるでいま南の海の岸辺にいるかのように。

サルトリウスはひとり残った。彼はチェスノワが自分のもとに戻ってきてくれないか、彼らは信頼を寄せ合いながらとこしえに夫と妻になれないかと欲した。サルトリウスは彼の躰のなかに寂しさと、人生の興味に対する無関心が入り込んだのを感じていた、――漠然とした、痛ましい力が彼の内部で頭をもたげ、全知性と、これからの目標に向けたあらゆる健全な活動を凌駕してしまった。だがサルトリウスは、こんなに苦しいと感じることさえないのであれば、また、思考の明晰な運動と、根気強い自分の同志たちにまじっての日々の長い労働に、ふたたび身を委ねることさえできるのであれば、彼のなかに現れたすべての優しく、奇妙で、人間的なものを、モスクワの抱擁のなかで疲弊させることに同意していた。彼は素朴な愛する妻という手段によって、自分の人生における現在と未来の一切の震えから免除されたかったのであり、それゆえモスクワの帰りを待つことに決めたのである。

8

機構は廃止の前夜にあった。時をへたあとでのみサルトリウスは、廃止を予定されているものが、ときに、もっとも堅固であるどころか、永遠の存在を運命づけられているものでさえありうることを理解した。その機構があったのは、旧百貨店ビル[*62]のなかの、以前には湿気に弱い商品が保管されていた中二階であった。階段がこの機構から下に降りていた――古い百貨店全体を取り巻く石造りの回廊へと。入口の扉には鉄製の看板がおさまっていた。共和国秤・分銅・尺トラスト――《メリロトルダー《労働尺度》》。

重工業のこの半ば忘れられた哀れな部門の管理局は、大きな薄暗い一つの会堂と、地下ドームの形状につくられた低い天井からなっていた。その際、天井は壁際では低く下がっていたため、壁の近くに座っている職員はほとんどそれに頭が触れそうであった。会堂には机がいくつか並び、そのそれぞれに一人か二人ずつが向かって、書き物をし、あるいは算盤で計算していた。全職員の数は三十人程度、あるいは四十人を上回ってはいなかったが、自分たちの仕事のざわめきや、動きや、質問や、叫びによって、彼らは第一級の重要性をもつ巨大な機構のごとき印象を醸し出していた。

この日、サルトリウスは新型秤設計担当技師の職務に採用され、彼は平べったい机にヴィクトル・ヴァシリエヴィチ・ボシュコと向きあって座った。

彼の新生活の日々が動きだした。幾晩かをかけてサルトリウスは、それまで彼が働いていた実験機械製作研究所のための、自分の最後の計画を終わらせると、世界でもっとも古い機械に集中した――秤に。歴史上この五千年間、計量機ほどほとんど変わっていないものはなかった。サイクロプスの時代に、古代ギリシアとカルタゴで、アレクサンドロス大王に撃ち倒された偉大なペルシアで、――どこでも、あらゆる時代と空間において、もっとも一般的で不可欠な機械は秤であった。秤は武器と同じくらい古いし、おそらく両者は同じものであった、――秤、それは石のへりの上に中心部のおかれた軍刀なのである――勝利者のあいだでの獲物の公正な分配のための。

ボシュコは自分に任された労働の対象に、知性的また感情的な愛情を抱くことなしには働くことができない人であったので、人類の生活における秤の決定的な意義についてサルトリウスに広範に説いた。

「いまは亡きディミトリー・イワノヴィチ・メンデレーエフ[*63]だって、」と彼は言った、「何よりも秤を愛したんです！　彼は、自分の元素周期表は――それとても、そこまでは愛してませんでした。そりゃね、しかたないですよ！　だって、そこでも全核心はやっぱり秤に基づいているんですから。原子の重量、あとは何でもないんです！」

ボシュコはまた、なにゆえに計量器機がもっとも目立たず、つましい物であるのかも知っていた。なぜならば、人間は秤の上に載っているものばかりを凝視する——サラミとかパンとか、だがそれらの下にあるものには——気づいていないのである。しかし、パンとサラミの下には秤があるのだ——名誉と公正の器具、質素で極貧の機械、それが社会主義の神聖なる財を数え、守っているのであって、労働者とコルホーズ農民の食物を、その創造的労働と経済計算制に応じて計量しているのだ。

こうして熱意を込めて、秤の不正確さのために失われてしまうパン屑を惜しみながら、サルトリウスは自分の仕事に没入していった。彼の内部では、誰からも秘密のままに、二つの感情が出会い、一つに合わさっていった——モスクワ・チェスノワへの愛と社会主義への待望である。彼の漠然とした想像のなかで、夏が、背の高いライ麦が、困窮と悲哀の重圧なしにはじめて地上に居場所を見つけた数百万の人々の声が、それに遠いところから彼の妻になるためにやってくるモスクワ・チェスノワが思い描かれた、彼女は全人生をくまなくめぐり、数えきれない人々といっしょにそれを経験して、そして忍苦と情感の歳月を過ぎ去った青年時代の闇のなかにおいてきたのである。彼女は変わらぬ姿で戻らんとしていた、ただ着ているものはみすぼらしく、裸足で、労働によって伸びた手をしていたが、前よりも陽気で、明るかった。彼女はいまや、自分のさまよえる心臓のために満足を見出したのである……

さまよえる心臓！　それは予感のために人間のなかで長いこと震え、骨や日々の暮らしの禍によって締めつけられ、最後には前方へと身を投げるのだ、寒く冷ややかな道中でおのれの暖かさを失いながら。

機構のなかで机にかがみこんで、サルトリウスはできる限り急いで秤の構造の改善にとりくんだ。トラストの局長はサルトリウスに、いにしえの塩一揆[*64]にならって、コルホーズで秤一揆が起きる危険性について伝えた、というのは秤の不足は、労働日に応じたパンの計量不足を意味するか、あるいはパンが余計に手渡されることになり、そうなれば国家が詐欺にあうわけだからである。のみならず、商品用秤の載せ台は、もし秤が不正確であれば、富農の政略と階級闘争のための舞台となってしまう。分銅問題もまた恐るべき出来事に満たされている――すでに多くの地点で検印のある分銅のかわりに煉瓦やら鋳鉄塊やらろくでもない代物が載せられ、ある種の事例では妊婦が載せられてさえおり、彼女たちの胴体を借りた分は労働日として支払われているのである。これらすべてのことは、数十万ツェントネル[*65]の穀物の喪失を不可避的にもたらすであろう。

チェスノワを想って悲しみに耽り、自室でひとり暮らすのを恐れ、サルトリウスはときどき寝泊りするために機構に残った。夜の十時に守衛は入口の脇の椅子の上であらかじめ居眠りをはじめ、ついでベニヤ板で仕切られた局長室にさがると、柔らかな椅子のなかに収まっていった。大きな役所風の時計上で時が過ぎ、がらんとした机は職員たちへの愁いを誘い、ときどき鼠が現れて温和なまなざしでサルトリウスを眺めた。

彼はひとり座して、かつてアルキメデスが、のちにはメンデレーエフがとりくんだのと同じ課題に向きあった。彼は課題に手こずっていた、秤はそれでなくても結構なものであったのだが、その製造にあたって金属の使用をより減らすために、別の、よりよい秤が必要なのであった。サルトリウスは何枚もの紙の面を、プリズムや梃子や変形応力の計算、素材原価、その他のデータによって埋め尽くしていった。突然、涙がひとりでに彼の眼からこぼれ、顔をつたっていったので、サルトリウスはこの現象に驚いた。彼の躰の深いところで何かが、別個の生物のように生きており、計量産業に興味をもつことができずに、黙って泣いていたのである。夜半を過ぎ、開け放たれた通風窓に――街全体の上方に――遠くの草木と新鮮な空間の匂いが波となって漂ってきたとき、サルトリウスは思索の正確さを失いながら、机にうなだれていった。同じようにチェスノワも、いつだったか彼の近くで匂ったのだった、自然と優しさの匂いで。彼はいま、彼女のことでやきもきしてはいなかった。彼女には、おいしいものをたくさん食べて、病気にならず、歓び、通りがかりの人々を愛し、それからどこか暖かいところで眠って、どんな不幸も思い出すことがなければそれでよいのだ。

夜中に一、二度、不意に電話が鳴ることがあって、そういうときにサルトリウスは大急ぎで受話器を耳にあてるのであったが、誰も彼の名を呼ぶことはなかった、それは間違い電話であった、――相手は詫びて、永遠に沈黙のなかに消えていった。多くの友人のうちの誰も、サルトリウスがどこにいったのか知らなかった、彼は技術の大道を長きにわたって捨ててしまったのであり、全世界的ともなりえた技師としての自分の栄誉を忘れてしまった。

一度、彼の家をサンビキンが訪ねた。外科医はサルトリウスに、人間のなかにある脊髄[*66]は、合理的な思考のためのある程度の能力をそなえている、だから考えることができるのは頭のなかのただ知性のみではないと言った。サンビキンは最近この仮説をある子どもで検証した、彼はその子に二度目の開頭手術をおこなったのである。彼は取り除かねばならなかった[*67]。

「それがいったいどうしたというんだ！」サルトリウスは歓ばなかった。

「これは生命の根本的な秘密なんだ、とりわけ人間全体の秘密だ、」考えに耽りながらサンビキンが言った。「以前はこう主張されていた[*68]ものだ、脊髄はただ心臓と純粋に生理的な機能のためだけに働いている、一方脳髄は――最高の調整中枢なのだと……これは間違いだ。脊髄は思考することができるし、脳髄はもっとも単純な、本能的な過程に関与しているのだ……」

サンビキンは自分の発見に幸福だった。彼はなお信じていた、人間のありふれた灰色のまなざしがすべての時間と空間を見渡せるようになる、そうした山に一気に登ることができるのだと。サルトリウスはサンビキンの無邪気さにちょっと微笑んだ。自然とは、彼の計算では、そんな一瞬の勝利よりも困難なものであったし、一つの法則だけにそれを封じ込めることは無理であった。

「で、それから！」サルトリウスが聞いた。

サンビキンは、彼の最高の経験がもたらすざわめきのせいで、内臓がふつふつとたぎりはじめた。

「それから、そうだな……まだ何回も実験で確かめなければいけない。だが、生命の秘密は人間の二重の意識にあるということは、十分にありうることだ。僕らは常に、一度に二つの思考を考えているのであり、一つだけということはできないんだ！　僕らには一つの対象のために二つの器官があるのだから！　それらは両方が互いに呼応するように考えているんだ、一つの主題に対してであっても……君、わかるだろ、これは世界に存在していない、真に科学的な、弁証法的な心理の基礎になりうるんだ。人間は個々の問題について二重に考える能力をもつ、ということがそれを地上で最良の動物にしたんだ……」

「ほかの動物はどうなんだ?」サルトリウスが尋ねた。「彼らにも頭と背中があるだろう。」

「その通り。だがここでは些細な点に違いがあって、些細でもこれが世界史を決めたのだ。二つの思考を調節して、一つのインパルスに結合することに慣れねばならなかったのだ——二つのうち一つは大地そのものの下から、骨の奥から立ち上がり、もう一つは頭蓋骨の高みから下りてくる思考を。それらは常に一瞬のうちに出会って、波が波へと流れ込むようにしなければならない、互いに共鳴して……ところが動物は、たしかに彼らのもとでも毎回の印象[*69]に対して二つの思考が立ち上がるのだが、それらはばらばらに進むのであって、一つの打撃を形づくることはないのだ。まさにここにこそ人間の進化の秘密がある、まさにそれゆえに、それはすべての動物を追い抜いたのだ！　人間はほとんど些細な点によってやりとげた。二つの感情、二つの暗い流れを、互いにぶつかって力比べするように、人間は躾けることができたのだ……ぶつかることによって、それらは人間の思考に転化する。明らかに、これはまったく感知できるようなものではない……動物にもそうした状態は生じうるが、まれだし、偶然でしかない。だが人間を育んだのは偶然であり、それは二重生物になったのだ……だからときどき、病気だとか、不幸だとか、恋愛だとか、恐ろしい夢だとか、総じて——正常な状態から遠くにいるときに、僕らは自分が二人いるとはっきり感じるだろう。つまり、自分は一人なのだが、自分のなかにさらに誰かがいると。この誰か、秘密の《彼》が、しばしばつぶやいたり、ときに泣いたり、君から離れてどこか遠くに去りたがったり、退屈がったり、恐ろしがったりしているのだ……僕らは見ている——われわれは二人いると、そしてわれわれは互いに愛想をつかしたのだ。僕らは動物としての気楽さ、自由、無意味な天国を感じることがあるが、そんなとき僕らの意識は二重ではなく単独になっていたんだ。動物たちから僕らを隔てるものは一瞬だ、そのとき僕らは自分の意識の二重性を失っている、それで僕らは非常にしばしば始生代に生きているのだ、そのことの意義を理解しないままに……だが、ふたたび僕らの二つの意識がつながって、僕らはまた、われわれの《二重の意識をもつ》思考に抱擁された人々になっていく、一方、自然は、哀れな単独性の原則によってつくられているのだが、恐ろしい二重生物の作用のせいで、軋んでちぢこまる、それは自然が生み出したわけではなく、おのずから発生したのだ……僕はいまではひとりでいるのがどれだけ不気味か！　これは僕の頭を暖める二つの熱情の、永遠の媾合なのだ……」

サンビキンは、明らかに長いこと寝てもいなければ食べてもいないようで、へとへとになって絶望のうちに座り込んだ。

サルトリウスは彼を缶詰とウォトカでもてなしてやった。次第に彼らはどちらも疲労のためにおとなしくなって、灯っている電気のもとで服も脱がずに眠り込んだが、心臓も知性も音を抑えながら彼らのなかでかすかに動き続けており[*70]、ありふれた感情と世界的課題とを、おのれの期限内に果たそうとあくせくしていた。

もうだいぶ前にスパスカヤ塔では真夜中の鐘が鳴り、インターナショナルの音楽も鳴りやんでいた[*71]。まもなく明け方がやってくる、そしてそれを予期したもっとも柔和な、短期逗留するだけの鳥たちが、茂みや果樹園でざわつきはじめ、それから上昇すると飛び立っていった、あとに残された国では、夏がすでに冷たくなりはじめていた。

朝焼けが広がり街灯が黄色くなっても、長身のサンビキンと小さいサルトリウスは、やはり一つの長椅子で眠ったまま、がらんどうの躰のように騒がしい寝息をたてていた。眠りによって抑え込まれていたが、世界を最終的に築き上げることについての懸念はやはり彼らの良心を苛んでおり、それで彼らはときおり寝言をつぶやいて、自分のなかから不安を追い払おうとしていた。どこにいたのか、どこでいま寝ていたのか、モスクワ・チェスノワよ、秋の初めに彼女はどのような人生の夏を存分に探していたのか、友人たちを待たせたまま。

眠りの終わり頃にサルトリウスは微笑んだ。温和な性格の彼は、死者である自分が土中に、深いぬくもりのなかに埋められてしまい、一方上のほう、墓所の昼間の地表では、彼のことを想ってひとりモスクワ・チェスノワが残って泣いているのを感じた。ほかには誰もいなかった、――彼は名無しで死んだのだ、自分のすべての課題をたしかになし終えた人として。共和国は天秤であふれて在庫過剰になるほどで、未来の歴史時間の全算術計算もなされていた、それによって運命が安全なものとなり、決して絶望の間際にまで近づくことがないように。

彼は満足して目を覚ました、食物がもつ基礎的生命力を、自然から人間の躰に自動で汲み移すための技術的な付属装備の全体をつくり、完成の域にもっていくことを決意しながら。だが、彼の眼はすでに朝からモスクワの思い出で翳っており、彼は受苦の恐怖からサンビキンを起こした。

「サンビキン！」サルトリウスは聞いた。「君は医者だ、君は生命のすべての理由を知っているんだろう……どうしてそれはこんなに長く続くのか、何によってそれを鎮め、あるいは永遠に歓ばせるべきなのか？」

「サルトリウス！」冗談まじりにサンビキンが答えた。「君は技師だ、君は知っているんだろう、真空とは何であるか……」

「そりゃ、知ってるよ。虚空で、そこに何かが吸われていくんだ……」

「虚空、」サンビキンが言った。「僕といっしょにこいよ、僕が君に全生命の理由を見せてやるよ。」

彼らは出かけ、路面電車に乗った。サルトリウスは窓の外を見つめ、およそ十万の人間と出会ったが、どこにもモスクワ・チェスノワの顔を認めることはなかった。彼女は死んでいるということさえあったかもしれない、何といっても時は進むのだし、偶然だって起こるのだから。

彼らは実験医療研究所の外科病院にやってきた。

「今日僕は四つの遺体を解剖する、」サンビキンが告げた。「僕たちはここで三人で、[*72] 一つのテーマにとりくんでいる。それはある秘密の物質を発見するということで、その痕跡はどの新鮮な遺体のなかにもあるのだ。その物質は、生きている疲弊した有機体にとって、きわめて強力な活性力をもっている。それが何であるのかは——不明だ！　だが僕らは究明に努めるさ……」

サンビキンはいつもと同じように準備して、サルトリウスを解剖部に連れていった。それは寒い広間で、四人の死んだ人間が、二重壁のあいだに氷の入った箱のなかに横たわっていた。

サンビキンの二人の助手が、一つの箱から若い女の躰を引っぱり出して、外科医の眼前、音楽家の譜面台を大きくしたのに似ている、傾斜つきの台に横たえた。女は明るい、見開いた眼をして横たわっていた。彼女の眼をつくる物質はあまりに無関心であったから、分解が起こらぬ限り、生を終えたのちにも輝くことができた。サルトリウスは気分が悪くなった。彼は研究所から自分のトラストにいちはやく逃げ、労組委員会に出向いて、自分の塞ぎ込む心臓の恐ろしさに対して、何らかの同志的な支援を要請しなければならないと決意した。

「けっこう、」仕事にとりかかる準備のできたサンビキンが言い、サルトリウスに説明してやった。「死の瞬間に人間の躰では最後の水門が開かれる、僕らはまだそれを解明していない。この水門の向こう側の、有機体のどこか暗い峡谷で、惜しむように、忠実に、生命の最後の蓄えが保管されている。何事も、死以外には、この水源、この貯水源を開くことはない――それは破滅の瞬間までぴったりと封印されているのだ……だが僕はこの不死の水槽を見つけてみせる……」

「探してくれよ、」サルトリウスが言った。

サンビキンは女の左乳房を切除し、ついで胸郭の格子をすべて除去して、細心の注意をはらって心臓に達した。助手たちといっしょに彼は心臓を摘出し、器具によってそれを丁寧にガラスのシリンダーに収めた――さらなる研究のために。そのシリンダーは取り上げられ、実験室に運ばれていった。

「この心臓の表面にも、僕が君に話したあの未知の分泌物の痕跡があるんだ、」とサンビキンは自分の友に告げた。「死は、それが躰に広まっていく際に、予備の、濃縮された生命から封印を解き放つ、するとそれは人間の内部で最後の一回響き渡る、失敗した発砲のように、そして人間の死んだ心臓に不明瞭な痕跡を残すのだ……だがこの物質は――それ自身のエネルギーの点で最高に貴重なのだ。そして奇妙なことには、もっとも活きているものは、最後の呼吸の瞬間に現れるのだ……自然はおのれの手立てに見事に保険をかけているんだね！」

それからサンビキンは死んでいる娘の向きを変えはじめ、サルトリウスに彼女の肉付きと純潔とをきちょうめんに提示した。

「いい娘だ、」曖昧に外科医は口にした。この死んでいる娘と結婚するという可能性についての考えが、彼のもとをよぎった――多くの生きている娘たちよりも美しく、貞節で、孤独な彼女と、そうして彼は彼女の破壊された胸に丹念に包帯を巻いた。「それではこれから僕らは、生命の一般的理由を見ることになる……」

サンビキンは腹部の脂肪膜を切り開き、ついで腸の流れに沿ってメスを進め、そこに何があるかを明らかにしていった。そこにはまだ処理されきっていない食物の列がとぎれなく続いていたが、じきに食物は終わりとなって腸は空になった。サンビキンは空虚な部位をゆっくりと通り過ぎ、便の始まりまでたどりついた、そこで彼はすっかり止まった。「ほら見ろよ！」サンビキンは言って、食物と便のあいだの空虚な部位をもう少し大きく開いた。「腸のなかのこの虚空こそが、全人類をおのれのなかに吸い込んで、世界史を動かしているんだ。これが魂だ——嗅いでみろ！」

サルトリウスは嗅いでみた。

「別に」彼は言った。「僕らはこの虚空を埋めるだろう、そうすれば何か別のものが魂になる。」

「だが、何がさ？」サンビキンは笑みを浮かべた。

「何かは知らん」サルトリウスは答えたが、ひどい辱めを感じていた。「最初は人々に食わせなければいけない、彼らが腸の虚空に引きずり込まれないようにするために……」

「魂をもっていなければ、誰ひとり食わせることも、腹一杯食べることもできない」退屈をにじませてサンビキンが反駁した。「何も、できない。」

サルトリウスは遺体の内部にかがみ込んだ、そこには腸のなかに人間の空虚な魂があった。彼は便と食物の残りを指で少しいじり、躰全体の密な、無一物の仕組みをつぶさに眺め、それから言った。

「これこそが、もっとも素晴らしい、ありふれた魂だ。これ以外の魂はどこにもない。」

技師は遺体部局からの出口へと向き直った。彼は背中をかがめるとそこを出た、背後にサンビキンの微笑を感じながら。彼は生の悲哀と貧しさに悲しんでいた、あまりに救いがないゆえに生は、自分の真の状態を意識することから、幻影によってほとんど絶え間なしに気を逸らさねばならないのだ。サンビキンでさえも、自分の思考と発見のなかに幻影を探している、——彼もまた、自分の空想のなかにある世界の複雑さと偉大な本質とに心を奪われているのだ。だがサルトリウスは、世界が何よりもまず、困窮の極みにある物質からなることを見ていた、その物質を愛することはほとんどしてはならないが、理解することは必要だ。

9

自分のすみかには帰らないし、サルトリウスもこれ以上愛さないと決めたとき、モスクワ・チェスノワにはどこにいくというあてもなかった。長い時間、彼女は街を歩いたり、乗り物でうろうろしたりしたが、誰も彼女に手を出さず、何も聞きもしなかった。一般的人生は彼女の周りであまりにもつまらぬ芥として過ぎ去っていったので、モスクワにはこう思われるほどだった——人々はいかなるものによっても結びついてなどおらず、当惑が彼らのあいだの空間に立ちはだかっているのだと。

夕方近くになって彼女は、後備役が住んでいたあの賃貸組合住宅に向かった。バイオリン弾きは建物管理部の入口のところで自分のバイオリンを調律し、塀の向こう側では医療研究所の工事現場で丸のこがぎこぎこと音をたて、賃貸組合住宅の住人たちはいつものおしゃべりのために廊下に集まっていた。

後備役コミャーギンは小さな自室の鉄製のベッドに横たわっていた。彼は自分のなかに何か思想、感情、ないし傾向はないものかと入念に探しながら、彼のなかには何もないということを見ていた。何かを少し考えてみようと努力しつつも、彼は自分の思索の対象にもうあらかじめ関心をもっていなかったので、思索したいという自分の願望も放っておいた。ついうっかり彼の意識のなかに何かの謎が生じたとしても、彼にはどのみちそれを解くことはできなかったのであり、たとえば女たちとの盛んな生活や長い眠りといった方法で、彼がそれを物理的に殲滅するまでは、そうした謎は彼の脳のなかで痛んでいるのであった。それから彼は、ふたたび空っぽで穏やかになって目を覚まし、自分の内面に起こった災いのことは覚えていなかった。たまには彼のなかで、見捨てられた土地に生える雑草のように、苦しみや憤りがはじまることもあったが、コミャーギンは自分のやり方によって、それらをただちに空虚な無関心へと変えてしまった。

だが、ここ数年彼はすでに、自分を人間として相手どって戦うことに疲れてしまい、ときどき暗闇のなかで、製造日から洗濯されたことのない毛布で顔を覆っては泣いているのであった。

それでも、コミャーギンが非凡に暮らしていた、遠い昔の時代もあったのだ。今日までずっと、彼の部屋の壁には未完成の油絵がかかっており、ローマや、風景や、さまざまな百姓家や、窪地を見下ろすライ麦が描かれていた。これはいつだったかコミャーギンが描きはじめたのだが、一枚の絵も描き終えることはできなかった、彼がそれらに手をつけてから十年くらいか、あるいはもっと、時は過ぎていたのだが。それゆえ百姓家はあばらやのままで――屋根もなく、ライ麦は穂をつけず、ローマは県《あがた》に似ていた。ベッドの下のどこか、使い尽くされたものにまみれて青年時代に書きかけた詩のノートが転がっており、それに日記帳が丸々一冊、これもやはり尻切れとんぼになって単語の途中で止まっており、まるで誰かがコミャーギンを殴ったので、彼はペンを永遠に落としてしまったかのようであった。三年ほど前にコミャーギンは自分の所持品や品物類の一覧をつくることを思い立ったのだが、このリストもまた完成できず、わずかに四点、すなわち本人、ベッド、毛布、椅子のみを書き込めただけであり、残りのものはすべて、いつか将来のよりよき時に、自身が記帳されるのを待っているのであった。

最近コミャーギンは、ボタンを探すためにそこら中をひっかきまわして、自分の書きかけの詩の記されたノートを発見した。彼は農村生活を題材にしてそれらを書いたのであったが、一つの詩の出だしを朗読してみた。

あの夜に、あの夜に浅く眠っていた、耕地が、村が、
黙ってそれらに道が呼びかけ、星へと通じていった。
そして原野はけだるさのなかで息づいた、静かな心臓で、裸の躰で、
まるで驚いているようだった、震え消えゆく橋の上で……

詩の終わりはなかった。たった一つの椅子も脚ががたついており、すぐに修繕することが必要で、コミャーギンはいつだったかその問題のために釘を二本もってきさえしたのだが、作業にはいまもってとりかかっていなかった。

ときどきコミャーギンは自分のことを思った。ひと月かふた月もすれば、俺は新しい生活をはじめるんだ——絵も終わりまで描いて、詩も完成させて、自分の世界観も完全に考え抜いて、書類も整えて、しっかりした仕事について、突撃労働者になって、女友達と恋愛して結婚するんだ……彼は期待していた、ふた月もすれば時間そのものに何か特別なことが起こって、静止した時間が自身の運動のなかに彼を引き入れてくれることを、だが歳月は静止することも幸福な偶然もなく、彼の窓外を過ぎていった。すると彼はベッドから起き上がって、民警支援協会員として人溜まりで公衆に罰金を科すために出ていくのだった。

そうこうしているうちに、流れゆく歳月のうちの、ある一年の八月の月がやってきた。夕刻が訪れると、遠ざかる、長くさみしい響きを空に広めてゆき、それゆえに一つひとつの開け放たれた心臓には、愁いと悔恨が入り込んでくるのだった。この夕べ、モスクワ・チェスノワはコミャーギンの戸を叩いた。ベッドから起き上がりもせずに、彼は左手で掛け金をふり落として客を招き入れた。彼女は彼のもとへ入ってきた、不可解で見知った女が、自身の高価な服をまとっており、この部屋を眺めた、自分の慣れ親しんだすみかのように。後備役はただちに降伏することに決めた。彼の書類は不備だらけで、言い訳の余地もなかった。だがチェスノワは彼にただ、こう聞いたのだった、どうやって生きているのか、このようにひとりで無為にいるのは寂しくないのかと。

「俺は別に、」とコミャーギンは言った。「俺はだって、生きているわけじゃない、俺はただ人生に巻き込まれただけなんだよ、どうしてだか、この件に引っぱり込まれたんだ……でもまったく無駄にね！」

「何が無駄なんです？」モスクワが聞いた。

「俺はやる気がないんだ、」コミャーギンが言った。「いつも偉そうにしてなきゃならないだろ。考えるとか、しゃべるとか、どこかへいくとか、何かをするとか……でも俺は何もやる気がないんだ、俺はすべて忘れてるんだ、自分が生きてるってことを、それで思い出すと――気味が悪くなってくるんだ……」

モスクワは彼のところに少しとどまることにしたが、このだいぶ前にはじめられ、かつ未完のままの人間の暮らしぶりに驚いていた。コミャーギンは朝食のために彼女に粥を温め、それからチェスノワが知らない時代を描いた、自分のお気に入りの絵を見せた。コミャーギンはその絵をベッドの下で、人目につかぬ自分のがらくたのなかから取り出してきた。絵は完全に描かれきってはいなかったが、思想はそこにはっきりと表現されていた。「もし国家が反対しなかったならば、俺もこういう風に生きていたいんだが、」とコミャーギンが指さした。

　絵に描かれていたのは百姓あるいは商人で、貧しくはないが不潔で、裸足であった。彼は木造りの、古びたポーチに立って、高いところから下のほうに向けて小便をしていた。風が彼の百姓上衣《ルバーハ》をふくらませ、住み心地よくされた細いあごひげにはごみや藁くずがまじり、彼はどこかひと気のない光のほう、よどんだ太陽が昇っているとも沈んでいるともつかぬところを無関心に眺めていた。百姓の後ろには孤独な風貌の大きな建物が控えていたが、そこにはおそらく、瓶詰めのジャム、ピローグ[*73]が蓄えられ、ほとんど永遠の眠りのための木製のベッドがあった。年老いた女がガラス張りの離れで腰をおろしており――ただ彼女の頭部だけが見えた――愚劣さを浮かべて中庭の何もないところを眺めていた。百姓は眠りから覚めたばかりであったのが、いま戸外に出て、自然のままに振る舞い、検分したのだった――何も特別なことは起こらなかっただろうかと、――だが、すべてはいつものままであったし、すさんだ、穴だらけの畑からは風が吹き、そしてこの人物は、いまふたたび安穏へと赴くのである――眠りにつき、夢も見ないのだ、記憶を欠いた人生をより早く生き果てるために。

しばらくしてコミャーギンのところに、年とった別れた妻がやってきた、すりへった女で、だいぶ前から疲れきっていた。彼女はコミャーギンのところに滅多にこなかったが、昔の愛着の思い出によっていまだに彼の感情に触れるようであった。コミャーギンは自分の客たちをもてなす用意をしたが、かつての妻は無言でお茶を飲み干すとすぐに立ち去ろうとした、夫が新しい太った商売女、と彼女はチェスノワを見積もったのであるが、その女と二人きりになるのを邪魔すまいとしたのである。この女にとってはみなが太っていたが、ただ彼女ひとりにだけ誰も関心を示さないのであった。しかしコミャーギンはチェスノワを廊下に連れ出して、少しのあいだ散歩して、それからもし必要ならば戻ってくるように彼女に頼んだ。

「俺は本当に苦しいんだ、女と暮らしてないときは、」コミャーギンが打ち明けた。「俺はどこにも逃げようがないんだ、どっちみち関心ってものが湧かないんだ……あんたは俺とは、悪いけど、どっちにしても知り合いにはならないよ。」

「いや、なりますよ、」コミャーギンの苦悩に当惑しながら、モスクワが言った。「あなたはあの人のところにいってあげてください。」

だがコミャーギンはなお少し彼女と廊下に立ちどまっていた。

「悪く思わないで……」

「悪くなんて思いません、あたし、あなたのことちょっと好きですよ、」チェスノワが彼に答えた。

　コミャーギンはそれでもがっかりして首を垂れた。

「あいつは俺には女房だったんでね……あいつはひどい匂いがして、俺から子どもをこしらえて、でも子どもらは死んじゃった……俺たちは不潔なままで寝てたんだ。あいつは俺にとって兄弟みたいなものになって、あいつはいまじゃ痩せてるしぼろぼろだろ、――俺たちの愛情はもうなんだか、もっといいものに変わったんだな――われら共通の貧しさ、われらの血のつながりと抱擁のなかのさみしさに……」

「あたし、それわかります、」モスクワが静かに同意した。「あんたはこんなちっちゃなとかげなのね、自分のちっちゃな地面の穴のなかに暮らしてる。あたしは少女だったとき、そういうのをよく見た、野原で顔を伏せて寝転がっているときに。」

「そいつはまったくよくわかる、」歓んでコミャーギンが同意した。「俺は何でもない人間なんだ。」

　モスクワは顔を曇らせた。《いったい何のため、何のために彼はこの世にいるんだろう？　こんなのが一人いるせいで、すべての人々がろくでなしに見える、それで誰もが彼らを手あたり次第に死ぬまで殴るわけだ！》

「あたし、いつか、あなたのところにきて、奥さんになる、」モスクワが言った。

「俺はあんたをそれまで待つよ、」コミャーギンが同意した。

だがモスクワはすぐさま思い直した、まだ固まりきっておらず、おぼつかない生き物のように。

「いや、待たないでください、あたしは決してこの建物にはきません、――あんたはみじめな死人だ！」

彼女は苛立って、不幸になって、壁に突っ伏した。廊下で節約のために灯りが消えた。コミャーギンが自分の部屋に去ると、そこから長いこと、仮ごしらえの壁越しに、懊悩する愛の響きと、人間の疲弊の息遣いとが聞こえてきた。モスクワ・チェスノワは、上階から下に通っている下水の冷たい管に胸を押し当てた。彼女は恥ずかしさと恐ろしさで黙り込み、彼女の心臓は間仕切りの向こうにいるコミャーギンのものよりも、いっそう恐ろしく鼓動した。だが、彼女自身がこれと同じことをやっているときには、彼女は知らなかったのである、よその人間もやはり同様に侘しく感じているのであるし、それがどうしてそうなのかはわからないということを。

違う、人生の大道が遠くに続いているのはここではない――哀れな愛のなかでも、腸のなかでも、サルトリウスがやっているように、細かな些事を熱心に理解することのなかにでもない。

　彼女はおもてへ出た、すでに夜であった。巨大な雲が、自身の微かな光にだけ照らされながら、都市部の屋根の表面近くにまで飛んできて、畑地の闇へと、空虚ですさまじい大地の、刈り入れの終わった広がりへと消え去っていった。

　チェスノワは中心街へと歩み出し、道々の明るく照らされた家屋の窓をすべて眺め、そのうちのいくつかでは足を止めた。そこでは家族やお客といっしょにお茶を飲み、魅惑的な娘たちがピアノを弾き、ラジオ管からオペラやダンスが響き、北極圏[*74]や成層圏の問題について若者たちが論争し、母親たちが自分の子どもらにお湯をつかわせ、二、三人の反革命分子がささやきあって、扉の脇の椅子の上で開放式コンロの火を燃やし、彼らの言葉を隣人が聞き取れぬようにしていた……モスクワはこの地上で起こっていることにあまりに興味を惹かれたので、基礎部の張り出しの上に短靴でつまさき立ちになって、通行人が彼女を笑うまでのあいだ、家のなかに見とれていた。

　彼女はそうした観察のうちに数時間を過ごし、ほとんどいたるところに歓びないし満足を見つけたのであったが、彼女自身はいっそう悲しくなっていった。すべての人々がただ、友人たち、お気に入りの理念、新しい家屋のぬくもり、おのれの満足の心地よい感情とともに、お互い同士でエゴイズムに没頭していたのである。幸福でふつうに暮らすためには、彼女は何に愛着をもつべきであって、誰のもとにくわわるべきなのか、モスクワは知らなかった。家のなかでは彼女に歓びはなく、ストーブの温かさや卓上のランプ傘の灯りのなかには彼女は安らぎを見出さなかった。彼女はストーブのなかの薪の炎や電気を愛していたけれども、それはもし彼女自身が人間ではなくて、炎や電気であったならば——世界と地上の幸福とに仕える力の波動であったならば、という愛し方なのであった。

モスクワはもうだいぶ前から食事がしたかった、なので彼女は深夜のレストランに入っていった。金はいっさいもっていなかったが、彼女は席について、夕食を注文した。ひっきりなしにオーケストラが何やら馬鹿げたヨーロッパの、遠心力[*75]をはらむ音楽を演奏していた。この音楽でのダンスのあとには、ぬくもりのなかへと躰をまるめ、窮屈で隔絶された棺へとずっと横たわっていたくなるのであった。そのことには注意を向けず、モスクワはホールの真ん中でダンスにくわわった。群衆のなかのほとんど誰もが彼女を誘ったが、それは自分のなかで失われてしまった何かを彼女のなかに見出そうとしていたのだった。まもなくするとあるものはすでに泣きながらモスクワの服のなかにうずまっていたが、それはワインを飲みすぎたせいであって、別のものは事細かにその場で懺悔していた。レストランの球状のホールは、音楽と人々の叫びが一杯に響き、たばこのきつい煙と圧迫された激情のガスとではちきれんばかりであったが、このホールはまるで回転しているようであった――すべての声はそのなかで二度響き、苦しみは繰り返された。ここでは人間は、ふだん通りのものからどうしても抜け出すことができなかった――ずっと前に敷かれた軌道に沿ってその人の思想が転がっている、自分の頭という球体からも抜け出せなかったし、古い感情が見破られたものとして脈打ち、新しいものは何も通さず、慣れきったものは失わず、音楽やゆきずりの女との恋によるつかの間の忘却は、苛立ちかそれとも絶望の涙によって終わる、心臓という鞄からも抜け出せなかった。時間がゆっくりと進めば進むほど、陽気な気分が濃くなれば濃くなるほど、レストランの球状のホールはそれだけ速く回転したので、多くの客はドアがどこにあるのかも忘れてしまい、ただなかのひとところで驚きながらぐるぐる回り、自分たちはダンスをしているのだという気になっているのであった。中年の、長いこと黙っていた人物が、眼に暗い光を浮かべながら、快楽とサディズムを味わいつつ、モスクワに御馳走したが、まるで彼は、甘美な料理ではなく自分自身の親切な心臓を彼女に注ぎ込んでいるかのようだった。だがチェスノワは、同い年のものたちと過ごした、別の夕べのことを思い出していた。彼女はそこで、開け放たれた夏の窓の向こうに、無限の平面へと開かれた何もない野原を目にしていた、そして彼女の同志たちの胸のうちでは、この球状の、おのれの絶望へと向かう、永遠に繰り返される思想は回転していなかった、――そこにあったのは遠方への、まっすぐの苛烈な空間への戻ることのない運動のために緊張した、行動と希望の矢なのであった。

夜は明けかかっていた。どこかでコミャーギンがやせた女といっしょに眠り、サルトリウスはあらゆる問題の解決にとりくみ、オーケストラは同じ拍子を奏で、また変奏し、まるで空洞で出口のない球体の内部の表面に沿って、それを転がしているようであった。モスクワの話し相手は、自分の愛と悲しみ、孤独について永遠の思想をぶつぶつとつぶやき、モスクワのひじの清らかな皮膚に唇を押しつけた。チェスノワは黙っていた。すると彼女の連れは、間をおくために少しワインを飲んでから、彼女にふたたび自分の愛着について、もしモスクワが彼にやはり愛情によって答えてくれるならば将来にありうる幸福について語った。

「おんなじところで空回りするのはよしてください、」チェスノワが彼に答えた。「もし好きになったんだったら、やめてください……」

モスクワの話し相手は同意しなかった。

「われわれは女性の胸の上で生まれて、死ぬのさ、」彼は軽く微笑んだ、「われらの運命の筋書きに沿って、幸福の全《まった》き環に沿って、そうなっている……」

「でもあなたはまっすぐな線に沿って生きてくださいよ、筋書きも環もなしに、」モスクワが忠告した。彼女は人差し指で自分の両胸をちょっと触った。「見て、あたしの上で死ぬのはあなたには大変ですよ、あたしは柔らかくない……」

力強い優しい光が、チェスノワのこの突然の同志の眼中の闇にひらめいた。彼は彼女の両方の胸に見入って、言った。

「その通りだよ、君。君はまだ非常にかたい、おそらくこっぴどく揉まれたことがないんだろう……君は乳首さえも前方を見据えている、二つの穿孔器の尖端のように……それを見るのが僕にはどれだけ奇妙で苦しいことか！」

彼は物憂げに首を傾けた。明らかに、モスクワへの彼の愛は、彼女のなかのあらゆる新しさに気づくたびに強まっていった、ストッキングの色によってさえも。そのようにサルトリウスも彼女を愛したのであったし、おそらくは――サンビキンも……モスクワは無関心に自分の知人を眺めた。彼女は新顔たちの内において、かつて捨て去ったものたちに出会うことを欲さなかった。もし彼女の目の前にサルトリウスと同じような人間が座っているのであれば、最初のサルトリウスのところに戻って、もう彼を決して捨てないほうがましであった。

夜明け前にいちばんエネルギッシュなフォックストロットの演奏がはじまったが、それは消化にさえも作用した。モスクワは自分の新しい友人といっしょにダンスに出ていった。彼らはほとんど二人きりで、災害のような長い浮かれ騒ぎによって荒れ果てたホールの真ん中で踊った。多くの客はすでにまどろみ、幾人かは食べ物と見せかけだけの情熱で腹を一杯にして、まるで死人のように眺めていた。

音楽は急激に回転した、まるでそこから出ることのできない、丸いしゃれこうべのなかの憂愁のように。だが、メロディーのもつ隠されたエネルギーはあまりに巨大であったから、いつかは孤独という因循姑息な骨をこすり破るか、たとえ涙となってでも眼を突き抜けて出ていくことを約束していた。チェスノワは、自分がいま両脚や両腕を使ってやっているつまらぬことをよく理解していたが、彼女は多くのことが好きであったし、不要のことでさえもそうなのであった。

夜明けがレストランの球状ホールの窓の向こうに訪れつつあった。外で木が伸びていた。いまやそれは朝焼けの光のなかに見えるようになった。木の枝は上方や脇へとまっすぐに伸び、どこにも湾曲することはなかったし、後戻りすることもなかった、そして木は突然に、ただちに、終わっていた——より高くに去るための、力と手立てが足りなくなったところで。モスクワはこの木を見つめると、自分自身に言った。《これはあたしだ、なんて素晴らしいんだろう！　いまここから永遠に立ち去ろう》。

彼女はパートナーに別れを告げたが、彼は彼女のことを惜しみだした。

「どこへいくの？　急ぐことはないでしょう……ここからもっとどこかにいこうよ。さ、ちょっと待ってて、勘定を済ませてくるから……」

モスクワは黙っていた。彼はその先のことを提案した。

「ここから草原にいこう――僕らの先には世界に何もなく、何かの風が闇から吹いてくるだけ！　で、闇のなかはいつでもいいもんさ……」

彼は顔をこわばらせて微笑んだが、くやしさを押し隠しており、別れまでの最後の数秒を数えていたのだ。

「とんでもない！」モスクワが陽気に言った。「冗談じゃないですよ、どんなお馬鹿さんがいたもんだか……さようなら、どうもありがとう。」

「どこならキスできる――ほっぺた、それとも手？……」

「そこはだめですね」モスクワは笑った。「唇ならいいですよ。どうぞ――あたしがあなたに……」

彼女は彼にくちづけし、去った。この人物は彼女なしで勘定のために残り、若い世代の心のなさに驚いていた、情熱的にキスして、まるで愛しているようでいて、実際のところは――永久にさよならなのだ。

チェスノワは明け方の首都をひとり歩いた。彼女は尊大に、あざけるように闊歩した、なので門番たちは自分の水撒きホースをちょうどよく引っ込めて、モスクワの服には一滴のしずくたりともかからなかった。

彼女の人生はまだ長く、前方にはほとんど不死が広がっていた。何事も彼女の心臓を驚かすことはなく、雷鳴が冬に雲のなかで眠っているように、どこか遠くのほうで大砲がまどろみながら、彼女の若さと自由を守っていた。モスクワは空を見た。風が生きもののように流れ、夜のうちに人類により呼吸で温められたぼうっとした霧を、上方でゆらめかしているのが見えた。

カランチョフスカヤ広場[*76]では坑内作業場の板囲いの向こうで、地下鉄工事の圧縮機がごうごうと音をたてていた。作業用入口のところにポスターが掲げられていた。《コムソモーリェツよ！　コムソモールカよ！　地下鉄抗に来たれ！……》

モスクワ・チェスノワは信じる気になり、門のなかに入っていった。彼女はいたるところでともに参加するものになりたいと望んでいたし、人生のあの曖昧さによって満たされていた、それはその最終的な決着と同じくらいに幸せなものなのだ。

10

サルトリウスはコルホーズのための秤の問題を解決した。彼は水晶で穀物を計量する方法を考案したのである。この石は小さく、わずか数グラムしかなかった。重量物に圧されると水晶は微弱な電気を放出し、それがラジオ真空管で増幅されて、重さが表示される文字盤の矢を必要なだけ動かした。ラジオはどこにでもあった。集積所にも、コルホーズの住居にも、クラブにも、だから秤は木製の台、水晶と文字盤だけからつくられ、従来の百分秤よりも三分の一ほどに安くなったし、鉄は必要としなかった。

いまやサルトリウスは、共和国の秤の総ストックを電気式に移行させた。彼は、受動的で世界的で恒常的なエネルギー――大地の引力を、能動的で恒常的な――電界のエネルギーによって置き換えることを望んだ。そうすることで、秤のメカニズムに鋭敏な精密の感覚を付与することができたし、秤器を安価にした。

夏が終わり、雨の季節になった、資本主義のもとで幼年時代にそうであったような、長くて寂しい雨の。サルトリウスは滅多に家に帰らなかった。愛する、消えてしまったモスクワを想う自身の愁いとともに、そこに残されるのが恐ろしかったのである。だから彼はいっそう熱を込め、集中して図面引きに没入したのであり、秤のストックの技術的な改良のおかげで国家とコルホーズ農民にとって数百万ルーブルが倹約されたことの利益を意識すると、彼の心臓は安らいだのであった。

まさにここ、旧百貨店ビルの、貧農[*77]のごとき半ば忘れられた産業の機構において、サルトリウスは自身の仕事に対する名誉ばかりでなく、人間的な慰めをも、みずからの悲しみのなかに見出したのだった。

ヴィクトル・ヴァシリエヴィチ・ボシュコは、秤トラストの労組委員会議長として、サルトリウスの秘密を知った。あるときいつものようにサルトリウスは、夜遅くに仕事をしていた。トラストに残っていたのは簿記係がただ一人、四半期の収支決算をおこなっていただけで、あとはボシュコも向こうのほうで次号の壁新聞を貼り合わせていた。サルトリウスは窓の外を見やっていたが、そこでは人々がいくつもの群れをなして路面電車に乗って劇場や訪問先から帰るところであり、彼らは互いに陽気で、その生活はたしかによりよいほうへと向かっており、ただ技術だけが彼らの下で力を振り絞っていた——車両のスプリングはたわみ、モーターは疲れ切って唸りをあげた。

それだけにいっそう不安気にサルトリウスは自分の仕事にのめり込んでいった。秤の課題だけではなく、鉄道輸送と北極海の航行も解決しなければならなかったし、幸福、苦悩、それに破滅がそこから生じる、人間の内的な機械法則の確定も試みなければならなかった。便と新しい充填物である食物のあいだの、腸の虚空におさまった死せる市民の魂を指し示したとき、サンビキンは間違っていた。腸は脳に似ている、その吸うような鈍痛の感覚はまったく合理的であるし、満足に屈するものなのだ。もし生命の熱情が腸の闇にのみ集中していたならば、世界史はこれほど長くはなかったであろうし、ほとんど実りがないということにもならなかったであろう。全般的存在は、ただ胃袋の理性だけに基づいていてさえも、ずっと前に素晴らしいものとなっていたであろう。いや、腸の空虚な闇だけが、過ぎ去りし数千年にわたって全世界を指導してきたのではなく、何か別のもの、もっと秘められた、悪い、恥ずべきものがそうしてきたのであって、それを前にしては、叫び訴える胃袋のすべてが、子どもの深い悲しみのように、心に触れるものとなって正当化されており、――それは意識には入り込まず、それゆえ従来は決して理解されえなかった。意識[*78]に入り込むのはそれに類似した、思考そのものに似ている何かだけだから。だがいまでは！いまでは――すべてを理解する必要がある、なぜならば、社会主義が人間の内奥に、最後の隠し場所にいたるまでたどりついて、全世紀にわたって一滴一滴と蓄えられてきた膿をそこから出すことに成功するか、それとも何も新しいことは起こらずじまいで、住人一人ひとりはばらばらに暮らすために去っていき、自身のなかに魂の恐ろしい隠し場所を大事に温め、ふたたび官能的な絶望をもって互いに吸いつきあい、泣いている最後の人間のいる孤独な荒野へと大地の表面を変えてしまうかのどちらかなのだから……

「どれだけたくさん僕らは働かねばならぬことか！」サルトリウスは声に出して言った。

「来ないでくれよ、モスクワ、僕はいまそれどころじゃない……」

　夜半にボシュコが電気コンロで茶を沸かして、うやうやしくサルトリウスに振る舞いだした。航空機や、原子分解や、超高速輸送手段の栄誉を尻目に、たいした意義もない無名の産業部門に歓んで働きにきてくれた、若く勤勉な技師を彼は心から尊敬していた。彼らはお茶を飲み、分銅の不良品の廃絶、重量測定器点検規則第二十一番[*79]、その他これに類した、形式面では無味乾燥な事柄について会話を交わした。だが、それらの背後でボシュコには全心臓をかけた情熱が潜んでいたのであって、なぜならば正確な分銅は、コルホーズ家族に福徳の一片を招来し、社会主義の開花を助け、地球のありとあらゆる持たざるものの魂に結局のところ希望を与えたからである。分銅は、もちろん、小さな事柄である、だがボシュコは自分のこともちっぽけだと意識していた、だから彼の幸福にとっては常に材料には事欠かなかったのである。

　首都は寝入ろうとしていた。ただ、遠くのどこか、遅い時間の事務所でタイプライターがかちかちと音をたて、モスクワ国立発電所公社《モゲス》[*80]の煙突がごうごうと風を吐いているのが聞こえてきたが、大半の人々は休息の床につくか、抱擁のなかにあったか、それとも部屋の暗闇で自分の隠れた魂の秘密に、エゴイズムと偽りの至福との暗い理念に、満足を得ていた。

「もう遅いですね、」ボシュコと十分に茶を飲み終えて、サルトリウスが言った。「モスクワではもうみんな眠っている、ただろくでなしだけがおそらく眠らずにいて、悶々として懊悩しているんでしょう。」

「でも、それはどんな人なんです、セミョーン・アレクセーヴィチ?」ボシュコが聞いた。

「それは、魂をもっている人たちですよ。」

ボシュコにはお愛想で返事をするつもりがあったのだが、黙り込んでしまった、というのは何を言ったらいいのかわからなかったからである。

「まあ魂は誰もがもっていますがね、」陰気にサルトリウスが口にした。彼は疲れきって机に頭を伏せ、寂しく忌々しかったが、夜は退屈に過ぎていった、不幸な胸のなかにある心臓の単調な鼓動のように。

「正確に解明されたことなんですかね、どこにでも魂があるというのは?」ボシュコが尋ねた。

「いや、正確にではないです、」サルトリウスは説明した。「あれはまだ未知です。」サルトリウスは沈黙した。絶えることなくモスクワ・チェスノワを愛している、自身の狭く、貧困にあえぐ感情との戦いのなかで、彼の知性は緊張し、そしてただ意識の弱い光のなかでのみ、残りの雑多な世界はただずんでいた。

「でも、もっと早く魂を、それが何なのかを明らかにすることはできないものなんでしょうか、」ボシュコが興味をもった。「だって本当のところ、全世界を私たちがつくりかえたとしてもですよ、それで素晴らしいことになるとしましょう。でも蛮行の数千年のあいだにどれだけの不浄なものが人類に流れ込んでしまったことか、それはどこかにやってしまわなけりゃならない！……私たちの躰でさえ、然るべき状態ではありません、そこにはいやらしいものが伏せっています。」

「そこにはいやらしいものが、」サルトリウスが言った。

「私が若者だった頃、」ボシュコが伝えた、「私はしばしばこう望んだものです——すべての人々が一斉に死んでしまえばいい、それで私が朝目覚めると一人だけ。でも、ものはすべて残ってるんです、食べ物も、すべての家も、あとそれに——ひとりぼっちのきれいな女の人が一人、彼女もやっぱり死なないで、それで私たちは出会い、ずっといっしょになるんです……」

　サルトリウスは哀しげに彼を眺めた。俺たちはどれだけよく似ていることか、同じ膿が俺たちの躰のなかを流れているんだ！

「私もそのように考えましたよ、ある女性のことを愛していたときに。」

「そりゃ誰です、セミョーン・アレクセーヴィチ？」

「チェスノワ・モスクワ、」サルトリウスが答えた。

「ああ、彼女！」ひっそりとボシュコが口にした。

「あなたも彼女のことをご存知だったんですか？」

「間接的にだけ、ぼんやりとです、セミョーン・アレクセーヴィチ、私は何のかかわりもなかったんです。」

「どうでもいいですよ！」サルトリウスは我に返った。「僕らはいまや人間の内部に入っていくんです、僕らはその哀れで恐ろしい魂を見つけるでしょう。」

「いい潮時ですよ、セミョーン・アレクセーヴィチ！」ボシュコが指摘した。「いつでも古い、自然のままの人間でなんとなくいることには飽き飽きしました。侘しさが心臓にみなぎっています。母なる歴史が私たちを出来損ないにしたんです！」

　まもなくしてボシュコは眠るために机の上に横になり、サルトリウスには局長の椅子に寝床をつくってやった。ボシュコはいまやよりいっそう満足を覚えていた、というのは最良の技師たちが内なる魂の改造[*81]を気にかけてくれたのであるから。彼はだいぶ前からひそかに共産主義のことを気に病んでいた。毎分人間の生理の下部から盛り上がってくる猛り狂うわななきが[*82]、それを冒瀆してしまわないだろうか！　だって太古の、長きにわたる悪は人間生命の肉に深く食い入ってしまい、われわれの躰自体ですら、おそらくは、一個の凝固した忍耐強い腫瘍か、あるいはわざと全世界から切り離されることで、そこに対して勝利をおさめ、ひとりで貪るためのぺてんなのかもしれない……

翌朝、ボシュコが目を覚ましたとき目にしたのは、サルトリウスが全然寝なかったということだった。彼は電気天秤ストックのために丸々一束の図面と計算書を書き上げていたが、それと同時に彼の顔には乾いた涙の跡が、それに侘しい感情となってつきまとう絶望との戦いでできた皺が残っていた。

この日の夕方、ボシュコは労組委員会の幹部会を招集し、そこでサルトリウス技師の個人的な苦悩について如才なく報告して、彼の苦痛を減少させるための諸措置を提起した。「われわれが介入するのに慣れてきたのは、何か共同のもので広いものだけである、」とボシュコは幹部会で述べた、「だが、個人的で深いものも助けることを試してみなければならない。このことをじっくりと考えてみてほしい、同志諸君、ソヴィエト的に、人間的に、――諸君は覚えているだろう、どのようにスターリンがフェドセエンコ技師[*83]の遺灰の入った骨壺を携えていったかを……たしかに同志サルトリウスの哀しみは普通のものではない、彼の感情のおかげでそうなのである、だが彼を慰めるには普通の手段をもってしなければならない、なぜなら人生において、私の気づいたところでは、いや、もしかしたら、誤っているかもしれないが、もっとも強いもの――それは何か普通のものだからである。私はたしかにそのように思うのである……」

タイプライター手のリーザは、労組委員会の一員で、信じやすい気構えの人であったので、内心ひとりでサルトリウスを好きになったが、そのあとになって恥ずかしくなった。彼女は気立てがよくて優柔不断で、その顔はほとんどいつもばら色であったが、それは人々に対する良心の緊張のためであった。処女で、彼女は早いうちから肉付きがよくなり、その黒髪はいよいよ豊かに伸び、容貌はとても魅惑的になったので、多くのものが注意を向けて、リーザのことを自分の幸福として考えたほどであった。ひとりサルトリウスは彼女をなんとなく間接的にしか気に留めず、彼女についてなにがしかを想定することもなかった。

二日後ボシュコはサルトリウスに、リーザを眺めてみるよう助言した、――彼女はとても愛らしくて善良だが、控えめなせいで不幸である。

その後、共同の事務作業のおかげで、サルトリウスはより親しくリーザを知るようになって、あるとき彼はためらいつつ、何を言うべきかも知らぬまま、タイプライター台の上に横たわる彼女の手を撫でた。彼女は手をとることなく黙っていた。すでに夕べで、月は時間のように速く、機構の壁の向こうで空へと昇っていき、分刻みで発露する若さを正確に表示していた。

リーザとサルトリウスはいっしょに通りに出たが、そこはとても緊密な人々の運動でぎっしりとしており、まるでこの場所で社会の繁殖が起こっているかのようであった。彼らは路面電車に乗って市の郊外に向かったが、そこはすでに秋も遅く、でこぼこの野原には冷たいそっけなさが立ち込め、かつては生い茂ったライ麦がモスクワの夜半の照り返しを受けた空焼けに輝いていたのが、いまでは刈りとられ、土地は空虚になっていた。自分の思い出に恐怖を覚えながらサルトリウスはリーザを抱きしめ、夜の孤独な闇を広々と見回した。リーザは応えて彼にしがみつき、身を暖め、両手で彼を手に入れようとした、賢い女主人のように。

このとき以来サルトリウスは、機構におのれの魂の慰めを見出したのであり、モスクワ・チェスノワを想う彼の物悲しい痛みは、不慮の死を遂げた人についてのような、彼女についての悲しい記憶に変わったのであった……水晶の秤に対して彼は多くの金を受け取ったので、それでリーザをぜいたくに着飾らせ、少しのあいだはのびのびと、陽気にさえ暮らし、恋愛や、劇場通いや、日々の享楽に耽ったのである。リーザは彼に忠実であり、幸福であった、ただ一つ彼女が恐れていたのは——サルトリウスが彼女のもとを去りはしまいかということであった。それで彼女は、彼が眠っているときに、その顔を長々と見つめては、どうにかして、痛みを与えず、気づかれずに、サルトリウスの容貌を損なうことについて考えるのだった、といっても彼はそうでなくとも十分に美しいわけではなかったのだが、——そうすればもう、彼のことは、醜いものとして、ほかの女性が好きになることはなくなり、彼は彼女といっしょに死ぬまで暮らすだろう。しかし、リーザには何も思いつくことができず、どうすればサルトリウスを全世界から憎まれるようにできるのかもわからなかった、——それで、彼が眠りのなかで知る由もない軽やかな夢に微笑んでいるとき、リーザには嫉妬の悲しみと沸き立つ怒りから涙が浮かぶのだった。

　サルトリウスの知力は落ち着きを取り戻し、そこではふたたび、意志とかかわりなく、精巣のなかでのように思想や夢想がつくりだされ、そして彼は発見と遠方の心象とで一杯になって目覚めるのだった。彼は貧農たちの南方中華ソヴィエト共和国[*84]や、氷のなかで凍死して、もう世界中から忘れられてしまったスウェーデンの学者マルムグレン[*85]のことに想いを馳せた。そして、自分の人生に対する責任に動揺し、人生の速さ、軽率さと偽りの癒しに恐怖しながら、サルトリウスはいっそう急いて働いた、死んでしまうことを、あるいはもう一度モスクワ・チェスノワを愛してしまい、そのあとで疲れ果ててしまうことを恐れながら。

冬がやってきた。多くの夜をサルトリウスは機構で過ごし、同じときリーザは遠くのほうで何かをタイプライターで打っていた。彼は、東方の地平線上に星々が現れたときに、遠く離れていてもその重さを量ることができる電気秤を考案し、これに対して重工業人民委員代理[*86]が彼にキスしてくれた。だが、サルトリウスは次第に秤にも、星々にも、関心を失っていった。彼は自分のなかに漠とした動揺を感じていたが、それは彼の幸福な若さによっては説明のできないものであり、人間の生命の秘密は彼にとって不可解であった。彼は、あたかも彼以前には人々は生きてはおらず、彼はすべての苦しみを苦しみ直し、すべてを最初から経験しなければならないかのように感じていた、人間の一つひとつの躰のために、まだ存在していない偉大な人生を見出すことができるように。さみしさとやりきれなさのなかで、ただ癒され思考を切り替えるためだけのために、彼は自分のリーザにキスし、彼女のほうは彼のそうした感情を真摯に受け入れた。だが、そのあとで彼はくたびれきった心臓を抱えて長い時間眠り、絶望のなかで目を覚ました。モスクワ・チェスノワは正しかった、愛、それは共産主義[*87]ではなく、情欲は陰鬱である。

11

冬、深夜二時、地下鉄工事第十八坑の巻き上げ機が非常信号を受けて作動した——地上に坑員の娘が引き上げられ、救急車が呼ばれた。

その娘の右脚は、膝より上、腿の部分がすべて、ぐんなりしていた。

「すごく痛むか、それとも?」疲れと恐怖のせいで蒼白になった現場監督が、彼女の上にかがみこんだ。

「そりゃもちろん、でも、すごくじゃないです!」坑員の娘はしっかりと答えた。「いますぐだってたぶん立てますよ……」

彼女は実際に担架から身を起こすと、数歩進んで雪中に倒れ込んだ。彼女のなかから血が流れ出た。投光器に照らされた雪の上で、血は黄色く、躰のなかでずっと前に*88涸れ果てていたかのように見えたが、倒れた娘の顔は輝く瞳でものを見て、唇も健康のせいか、高い体温のせいか赤々としていた。

「いったいどうしてあなたはこんなことに？」彼女が敷布の上に横になるのを助けながら、現場監督がしつこく聞いた。

「覚えてません、」怪我した娘は答えた、「トロッコが何台かあたしにぶつかって、どんづまりの抗《あな》に押しつけられたんです……でも、もう向こうにいってください、あたしは眠ります、痛みを感じたくないので。」

現場監督は離れていったが、この娘が五体満足で助かりさえするならば、自分の片脚を切り落としてもよい覚悟であった。自動車がやってきて、眠り込んだ坑員の娘を外科病院に運んでいった。

実験病院ではサンビキンが夜間の当直医をしていた。急患は運び込まれていなかったから、彼は死んだ物体と差し向かいで座り、そのなかからよく知られていない快楽物質、実際にはそうならなかった長い人生のために貯蔵されていた物質を選りだそうと試みていた。

サンビキンの前で実験台に横たわっていたのは、かつて彼が手術した少年であった。彼は長いこと病院で苦しんでいたが、昨日亡くなったのであり、死の前に少しのあいだ理性を失った、なぜならば手術を受けた彼の頭部のなかで、骨の隙間に膿が現れて、たちまち燃焼[*89]する速さで意識を毒したからであった。看護婦がサンビキンに語ったところでは、小さな患者はかたとき、穏やかな、よく満たされた眼を閉じたのであったが、ふたたび開かれたときには空虚で寂しく、まるで貫かれたようであった。

サンビキンが長いことひとりきりで死者の裸の躰を、もっとも神聖な社会主義財産[*90]として撫でていると、彼のなかで空虚な、だが誰にも解きようのない哀しみが熱を帯びていった。

夜半になって彼は器具で、死者の胸部にある心臓を掘り出して、ついで喉の部位からは腺を摘出して、これらの器官を装置と薬剤によって調べはじめ、生命エネルギーの使い尽くされていない蓄えはどこに保存されているのかを突き止めようとした。サンビキンは確信していた、生命とは永久に死んでいる物体の稀有な特徴の一つに過ぎないのであり、この特徴は物質のもっとも堅固な成分[*91]のなかに隠されている、それゆえ死んでいるものたちが生き返るためには、彼らが息をひきとるのに必要であったのと同じくらい、わずかなものしか必要としない。のみならず、死に苛まれる人間においては、生命の緊張が大変に大きなものとなるので、病人が健康なものより強いことがあるし、死者が生者より生命力をもっていることもあるのだ。

サンビキンは死者たちによって死者たちを蘇らせようと決意した、だが彼は怪我をした生きている女のところへ呼び出された。

坑員の娘は包帯を巻かれて机の上に横たえられ、顔はモスリンで二重に覆われていた——彼女は眠っていた。

サンビキンは彼女の脚を入念に検査した。血が圧されて表面に吹き出て、軽く泡だっていた。骨は切面全体にわたって砕け、傷の内部にはいろいろな不潔物が入り込んでいた。だが、それらを取り巻く躰全体は、優しく浅黒い色をして、遅れてきた乙女の、かくもみずみずしい[*92]むくんだかたちをしていたので、坑員の娘は不死に値したのである。彼女の肌から発する強い汗の匂いすらも、生の魅力と興奮を漂わせ、穀物を、それに草むす広大な空間を思い起こさせた。

サンビキンは、明日の手術に向けて、廃疾者となった娘に準備を施しておくよう命じた。

あくる朝、サンビキンは手術台の上にモスクワ・チェスノワを見た。彼女は意識があり、彼とあいさつを交わした、だが彼女の脚は黒くなり、死んだ血液が詰まったその血管は膨張して、硬化症を病んだ老女のようになっていた。モスクワはすでに洗われ、鼠径部は剃毛されていた。

「じゃ、いまはあとで!」自分の大きな両手をこすりながら、サンビキンが言った。

「あとで、」モスクワが応えて、眼をせわしく動かしはじめた、看護婦が彼女に催眠剤を吸わせたのであった。

彼女はまどろみ、熱い躰の渇きのなかで、かさかさいう唇を少し動かした。

「眠りました。」看護婦が言い、モスクワのすべてを裸にした。

サンビキンは長いこと脚にとりくんでいたが、ついには組織が壊疽を起こすのを回避するためにそれを完全に切り離した。モスクワは穏やかに横たわっていた。はっきりとしない陰鬱な夢が彼女の意識に滑り込んでいった、——彼女は通りを走っていた、そこには動物たちと人々が住んでいた、——動物たちは彼女から躰の一部をちぎり取り、それを食べてしまい、人々は吸いついてきておさえようとした、だが彼女は彼らからさらに先に、下方へ、がらんとした海へと逃げていった、そこでは誰かが彼女のことを想って泣いていた。彼女の胴体は分刻みで小さくなっていき、衣服もだいぶ前に人々によって剝がれ、しまいには突き出している骨だけが残った、——するとこれらの骨もまた通りすがりの子どもたちが折り取りはじめたが、モスクワは自分が痩せ細っていよいよ小さくなっていくのを感[*93]じながら辛抱強く、さらに走って逃げた、そこから彼女が逃げてきた、恐ろしい、見捨てられた場所[*94]にだけは決して戻らないようにするために、とにかく生き残るために、たとえ数本の乾いた骨だけのちっぽけな存在のかたちであったとしても……彼女はごつごつした石の上に倒れ込み、逃亡中に彼女を引き裂き食べたすべてのものたちが、ずっしりと彼女にのしかかった。

モスクワは目を覚ました。サンビキンがかがみ込むと、彼女を抱擁し、血で彼女の胸、首と腹を汚した。

「飲みたい！」モスクワが頼んだ。

手術室には誰もいなかった、自分の助手である看護婦たちをサンビキンはだいぶ前に退出させており、どこか遠くの隅でガスバーナーがしゅうしゅうと音をたてていた。

「あたし、びっこになっちゃった、」チェスノワが言った。

「うん、」彼女のそばを離れずに、サンビキンが答えた。「だが、何も変わらんよ、君には何と言えばいいかわからないけれど……」

彼は彼女の口にキスした。口からはクロロフォルムのむっとする匂いが漂ってきたが、彼はいまや彼女が自身のなかから吐き出したものなら何でも吸い込むことができた。

「ちょっと待って、あたしは病人なんだから、」モスクワが頼んだ。

「すまない、」サンビキンはさがった。「すべてを破壊してしまうものがある、それは君だ。君を見たとき、僕は考えることを忘れてしまった、僕は死んでしまおうと考えたんだ……」

「まあいいわ、」ぼんやりとモスクワは笑った。「あたしの脚を見せて。」

「ないよ、僕はそれを自分の家に送るよう指示してしまった。」

「どうして？　あたしは脚じゃないのよ……」

「じゃあ誰なんだい？」

「あたしは脚じゃない、胸じゃない、おなかじゃない、眼じゃない、――自分でも誰だかわからない……眠るから運んでちょうだい。」

次の日、モスクワの健康は弱まり、発熱して血尿が出た。サンビキンは自分の頭を叩いて愛から正気に戻ろうとし、自身の状態を生理学的また心理的に分析し、懸命に顔をしかめつつ笑ったが、何も得ることはできなかった。仕事の気ぜわしさや緊張は彼から去ってゆき、彼は無為の人として、遠くの通りを孤独に歩き回ったが、寂しくじっと動かない愛の思考で頭は一杯であった。ときどき彼は夜の並木路で木に頭をもたせかけ、やりきれぬ哀しさを感じていた。滅多にない涙が彼の顔をつたい、彼は恥じ入りながら、口のまわりの涙を舌で集めて飲み込んだ。

二日目の夜、サンビキンは死んだ少年の心臓と、首の腺を取り出して、それらから神秘的な懸濁液をつくってチェスノワの躰に注射した。彼はいまやほとんど眠ることができなかったので、街を明け方までさまよい歩いたが、朝になって病院で亡き少年の母親に出会った、――彼女は葬儀のために自分の息子を引き取りにきたのである。サンビキンは彼女といっしょに出かけ、必要な面倒事を手伝ってやり、正午過ぎにはもう、瘦せた、震える女性と並んで、空っぽの胸で棺に横たわる少年の載った荷馬車について歩いていた。未知の、奇妙な人生が彼の前に開けていた――哀しみと心臓の、思い出の、それに慰めや愛着すべきものが欠落した、人生。この人生は、知性と熱心な活動の人生と同じくらいに偉大であったが、より言葉なく静かであった。

モスクワ・チェスノワは長い時間をかけて回復していった、彼女は黄色くなり、[*95]彼女の両腕は動かしていないので瘦せ細った。だが、窓の向こうに彼女は、病院の中庭に生えている何かの木の、裸の瘦せた枝々を目にしていた。その枝は三月の長い夜じゅう、窓ガラスをひっかいており、枝々は凍えて気を滅入らせていたが、訪れつつある暖かさ[*96]の期日を感じてもいた。モスクワはしっとりとした風と枝々の動きを聞き、それらへのお返しに指でガラスを軽く叩いてやって、地上のいかなる哀れなものも不幸せなものも信じなかった――そんなものはありえない！《あたしはもうすぐあんたたちのところに出ていくよ！》――彼女は口をガラスに押し当てながら、外に向かってささやいた。

四月のあるとき、もう夜になって、病院では就寝しなければならなくなったとき、チェスノワはどこか遠くのほうでバイオリンの演奏を耳にした。彼女は耳をすましてみて、その音楽が何であるかがわかった――これはあの近くの賃貸組合住宅、コミャーギンの暮らしていたところで、バイオリン弾きが演奏していたのである。時、人生、それに天候は変わる――春がやってこようとしており、賃貸組合の音楽家は前よりもいっそう見事に演奏していた。モスクワは耳を傾けながら、草原のなかの夜の窪地と、窮乏のなかで冷たい闇を突き抜けて前方へと飛んでいく鳥たちを思い浮かべた。

昼間には、よくあるように、モスクワをしばしば、地中での前の仕事でいっしょだった女友達が訪ねてきた。手術のあとには地下鉄坑の三人組《トレウゴーリニク》*97が二度やってきて、労働組合の経費で、箱に入ったケーキを彼女にもってきてくれた。

《元気になって、コミャーギンと結婚しよう、》夜ごとモスクワはこう考えた、賃貸組合住宅のバイオリン弾きの音楽が、広大な大気のなかに広がっていくのを聴きながら。《あたしはいまじゃびっこの女だものね！》

彼女は四月末に退院した。サンビキンは彼女に新しい頑丈な松葉杖をもってきてくれた――残っている人生の長い道のりのすべてのために。だが、モスクワにはどこにもいくところがなかった、彼女は病院の前には地下鉄建設第四十五番寮に住んでいたのだが、いまではその寮は彼女が知らないどこかに移転してしまったのだ。

サンビキンは自動車のドアを開けて、彼女をどこに連れていけばよいのか、住所を待っていたが、モスクワは微笑み、黙っていた。それでサンビキンは彼女を自分のところに連れていった。

数日後、モスクワの脚の傷が最終的に治癒するのを待たずに、サンビキンは彼女といっしょにカフカースに、黒海沿岸の休息の家[*98]へと出発した。

毎朝、朝食のあとで、サンビキンはモスクワを騒がしい海の浜辺へと連れ出し、モスクワは二度と戻ってくることのない空間を、何時間も眺めているのであった。《去ってしまおう、去ってしまおう、あたしはどこかに》、——と彼女は同じことをつぶやいていた。サンビキンは彼女のかたわらで黙っていたが、彼の内臓は病み、まるでゆっくりと腐っていくようであり、それに空っぽになった頭のなかでは、モスクワの哀れになった脚なしの躰への愛という、一つの貧しき思考が煩悶していた。サンビキンはこんな自分のみっともない人生に恥ずかしくなった。死んだような昼食後の時間に彼は山中の林に出ていって、そこでぶつぶつとつぶやき、枯れ枝を折り、歌い、自然のすべてに対して、自分につきまとうのをやめて、もういいかげんに平穏と仕事の能力を与えてくれるように懇願し、土中に横たわったが、これらはみなつまらないことだと感じた。

夕方になって戻ってくると、サンビキンはしばしばチェスノワにたどりつくことさえできなかった、それくらいに彼女は、休息中に太った男たちの注目、世話、それにしつこさに取り巻かれていたのである。モスクワの不具はいまではあまり目につかなくなっていた

――トゥアプセ[99]から義足を取り寄せて、彼女は松葉杖なしで歩いていたのである、ただ杖だけはついていて、そこにはモスクワのことが気に入ったすべてのものたちが、すでに自分の名前と日付を刻み、無分別な情熱[100]のシンボルを描きおおせていた。自分の杖をしげしげと見つめているうちに、モスクワにはもし描かれたそれらが本気であったならば、首をくくらなければならないということがわかってきた。顔見知りの面々は、本質的に一つのことだけを描いていた。彼らは彼女で子づくりしたいようなのだった。

一度、モスクワは葡萄が欲しくなったが、春にはそれは育っていない。サンビキンはコルホーズが広がる郊外をあちこちと回ったが、どこでも葡萄はすでにだいぶ前にワインに変えられてしまっていた。モスクワは強く落胆した――脚の喪失と病気のあと、彼女は何やかやと気まぐれを起こし、何か些細なことが我慢できない様子であった。彼女はたとえば毎日頭を洗ったが、それは髪の毛のあいだに汚れを絶えず感じていたからで、汚れがどうしてもとれない悔しさのあまりに泣いてさえいた。モスクワが、いつものように、ある夕べ、庭先で深皿に身をかがめて頭を洗っていると、柵のほうに年寄りの山岳民が近づいてきて、黙って眺めはじめた。

「お爺さん、あたしに葡萄をもってきて！」モスクワは彼に頼んだ。「それとも、あんたがたのところには、ない？」

「ない、」山の人は答えた。「いまどき、どこから！」

「それじゃ、あたしを見ないで、」チェスノワは言った。「本当にあんたがたのところには一粒もないのかしら、わかるでしょ――あたしはびっこなの……」

　山岳民は返事もなしに立ち去った、ところが翌朝モスクワはふたたび彼を見た。彼はモスクワが家の玄関に出てくるのを待っていて、彼女に新しい籠を手渡した、そこにはみずみずしい葉に覆われて、丁寧に摘まれた葡萄が詰まっていた、重さは一プード[*101]以上あった。籠のあとで山岳民はモスクワに小さなものを贈った――色鮮やかな布切れを。それを開いてみたモスクワは、そこに親指から剝いだ人間の爪を目にした。彼女はわけがわからなかった。

「取れ、ロシアの娘よ、」彼女に老農夫が説明した。「俺は六十だ、だから俺はお前に自分の爪を贈ろう。もし四十になれたならば、俺はお前に自分の指をもってきただろうし、三十だったならば、俺も自分の脚を切り落としただろう、お前にもない脚を。」

　モスクワはしかめ面になって自身の歓びをじっと抑えようとして、それから振り返って駆け出そうとしたが、命のない木の脚が敷居の石にぶつかり転倒した。

　山岳民が人間について知りたかったのはすべてではなく、最良のことだけであったので、彼はすぐに自分のすまいに去り、もう二度と現れなかった。

休息と療養のときは過ぎ、モスクワはすっかり回復して、木の脚を生きた脚のように使いこなせるようになった。それまでと同じように毎日サンビキンは彼女を海岸まで送りとどけ、ひとり残した。

空間のなかでの水の動きはモスクワ・チェスノワに、彼女の人生がもつ大きな運命を思い出させた、世界は実際に果てしがなく、その端っこが一つに交わる場所はないということを——人間は戻らぬものなのだ。

帰路につく日までにサンビキンのモスクワへの愛は、彼にとっては知性にかかわる謎へとすでに変わっていたので、サンビキンはその解決に全面的にとりくみ、自分の心臓のなかの苦悶の感情は忘れてしまった。

12

サルトリウスは全ソ連的な技師の栄誉を失った。彼はあまり目立たない機構の仕事にまったく専心したので、かつての同志たちや高名な研究所は次第に彼に注意を向けなくなった。彼が夜眠るために帰宅することはいっそうまれになり、この同じ機構に居残って休息するようになったので、彼はあるとき住民登録簿から抹消されて居住権を失い、持ち物も民警支所の保管所に引き渡された。おのれの沈黙の生活に飲み込まれたサルトリウスは、保管所から持ち物を引き取ると、隅っこのほうに放り込んだ、そこはいつもトラストの警備員がまどろんでいるところであった――起こるかもしれない財産の強奪と戦いながら。そのとき以来、機構は最終的にサルトリウスにとって家族、隠れ家、それに新しい世界となった。彼はそこで忠実な娘リーザと暮らし、同僚の職員たちと幅広くつきあい、労組委員会は――ボシュコを先頭として――彼をあらゆる悲しみや不幸から保護した。

昼間はサルトリウスはほとんど常に幸福であり、目の前の仕事に満足していたが、毎夜、古い案件の紙ばさみの上にあおむけになると、彼の内部には寂しさが生じ、それは彼の胸骨の下からまるで樹木が伸び上がって旧百貨店ビルの円天井に迫り、そこで黒い葉を震わすように成長していった。サルトリウスは夢想する能力をほとんどもたなかったので、ただ苦しみ、観察することしかできなかった——これは何なのかと。

彼の知性はいよいよ貧しくなり、背中は仕事のために衰えていった、だがサルトリウスは我慢強く自分自身に耐えた。ただときおり、彼は心臓が痛んだ——執拗に長く、躰の遠い奥底で、闇のような叫び声として、そこで鳴り響いた。そのようなときサルトリウスは、ずっと前の案件が片づけられている棚の陰にまわって、しばらくのあいだ用具のあいだに立つと、感情の病みついたこの侘しさが孤独と単調さのなかで過ぎ去ってしまうのを待つのであった。

毎夜、サルトリウスはあまり眠らなかった。彼はタイプライター手リーザの家族のお客になって、彼女と、それにその小柄な母親である老婆といっしょにお茶を飲んだ、この母親は現代文学について、またとりわけ造形芸術の発展の道について話すのが好きであった——、そして彼は絶望から柔和に微笑した。ときどきそこにはヴィクトル・ヴァシリエヴィチ・ボシュコもやってきた。かつて、サルトリウス以前に、リーザはボシュコにとって花嫁候補と目されていた、だが機構の業務や、同僚みんなとの日常生活の空気に惹かれたボシュコは、居宅での結婚生活に閉じこもることにさしあたり強い必要性を見出せず、サルトリウスの慰撫へとリーザを促しさえしたのであった。同僚女性の利益と幸福は、ボシュコにとって、心臓の情念の湧き起こる力を陰らせてくれたし、彼の個人的な魂を暖めるかまどとしては、秤・分銅トラストが役立ってくれた。いまや、共有の老婆のところでサルトリウスとリーザにまみえながら、ヴィクトル・ヴァシリエヴィチは彼らを婚約させることに自身の心血を注いだ。彼を魅惑していたのは、若い人たちが互いに愛しあいながら同じ機構と労働組合に留まってくれて、小さいが緊密な秤産業のシステムから出ていってしまわないことであった。

　リーザを訪ねなかったときは、サルトリウスは街中を何ヴェルスタ[*102]も歩き回り、店内でどのようにパンや野菜が彼の設計になる電気秤にかけられているかを長いこと観察し、彼のなかでひしめく不変の存在の憂鬱な過程にため息をもらした。そのあとで、夜のがらんとした路面電車が急いで最終便をひた走る時間になって、サルトリウスはまばらとなった乗客の見知らぬはっきりとしない顔を長いこと見つめていた。彼はどこかでモスクワ・チェスノワに、路面電車の開け放たれた窓から垂れかかる彼女の愛らしい髪に出くわさないかと待っているのであった、彼女の頭が窓敷居に横たわり、運行の風に吹かれて眠っているそのときに。

　彼は彼女を不断に愛していた。彼女の声は彼にとって、常に間近な大気中で響いていた——モスクワのどんな言葉でも思い出しさえすれば、たちまち彼は自身の思い出のなかに親しんだ口、忠実で陰鬱な眼、それに彼女のおとなしい唇の温かさを見出すのであった。

ときどき彼女はサルトリウスの夢に出てきたが、哀れな、あるいはすでに故人の姿になっていて、貧窮のなか、埋葬前の最後の日に横たわっているのである。サルトリウスは哀しみと苛酷のなかで目を覚ますと、すぐさま自分の機構で何か有益な仕事にとりかかることで、かくも悲しく間違った思考を身中で覆い隠そうとした。ふだんサルトリウスは夢は見なかった、空虚な体験のための能力はもちあわせていなかったからである。

ほとんど単調に、わずかな変化のみをともなって、何か月にもわたり時が流れていった。女たちはだいぶ前から暖かな帽子をかぶり、スケートリンクが開かれ、並木路の木々は眠りについていて、春まで枝のあいだに雪を貯め込み、発電所はいよいよ精一杯稼働して、伸びゆく闇を照らしていたが、——モスクワ・チェスノワはどこにもいなかった。現実世界にも、住所局の回答にも。

ある冬の昼日中、サルトリウスはサンビキン医師を訪ねた。彼は病院の夜勤から帰ってきたところであり、じっと座り込んで、自分の頭のなかに生じた目下の謎の流れを追っていた。

奇妙なことに、どちらの同志も別れのあとで歓びなしに再会したのであったが、とはいえサンビキンは、いつもそうであるように、サルトリウスの訪問に意義深い現象を見出していた。彼は当惑すらした。

ついで明らかになったのは、サンビキンがモスクワを無意味に愛していたということであり、ひとり離れて愛の全問題をすっかり解決しきるために、意識的に彼女から遠ざかったということであった、なぜならばそれはあまりに深刻な課題であったから、——頭ごと未知の事象に飛び込むわけにはいかない。それで、自分の感情の問題に明晰さを獲得できたあとでのみ、サンビキンはモスクワに会うことを考えており、残りの時間は死による焼却まで彼女といっしょに過ごそうというのであった。

「彼女はいまじゃびっこなんだ、」サンビキンがさらに言った、「それで民警支援協会員の同志コミャーギンの部屋に暮らしている。彼女の姓もチェスノワじゃなくなった。」

「どうして君は彼女をびっこのままひとりで放り出したんだ？」サルトリウスが聞いた。

「君はだって彼女を愛していた。」

サンビキンは極度に驚いた。

「それは変だよ、僕が世界中で一人の女だけを愛することになるというのは、あれらはごっそり十億人はいるんだよ、そのなかにはさらにずっと魅力的なのが確実にいるわけだ。この点を最初に正確に明らかにしておかなければいけない、ここには人間の心臓の明らかな誤解があるんだよ——それ以上のものではない。」

サルトリウスはモスクワの住所を知ると、サンビキンをひとりおいて出た。医師はサルトリウスをドアまで送ることもなく、相変わらず腰をおろしたまま、人類のあらゆる最重要課題をめぐる完全な熟考に耽っていた、幸福と苦悩のすべての項目について、全世界的な明晰さと合意を追い求めながら。

　晩になってセミョーン・サルトリウスはバウマン地区にある、コミャーギンが住んでいた賃貸組合住宅の中庭に足を踏み入れた。実験医療研究所は家屋の塀の向こうに完成しており、電気の純粋な炎によって照らされていた。建物管理部への入り口のところに禿頭の年老いた物乞いが座っていたが、彼の帽子は空っぽのままで逆さにされて地べたに転がり、バイオリンの弓が地べたに一杯に横たえられていた。サルトリウスは帽子にいくらか入れてやり、貧者に尋ねた。どうして弓が置いてあるのかと。

「これはわたしの印でね、」年老いた人は言った。「わたしは施しを集めてるわけじゃなくて、年金を集めてるんだ。わたしは生涯ずっと、うっとりとしたいい気分で、モスクワで演奏してきたんだ、あらゆる世代の住民が[*103]ここで、満足して私の演奏を聞いたもんだ——食わせてくれるぐらいはいいだろう、死の出番がくるまでは！」

「でもバイオリンを弾けばいいでしょう——どうして物乞いなんて！」サルトリウスが助言した。

「できないんだ、」老人が断った。「衰弱の不安で手が震えるんだ。それは芸術にとってはまずいんだ――わたしはいい加減な楽師にはなれない。物乞いにだったら――なれる。」

古い建物の長い廊下には、ヨードホルムと塩化石灰の長年にわたる残存物がなお臭っていた。ここはおそらく内戦中のいつか、病院だったのであり、赤軍兵士が寝ていたのだ、――それがいまでは住人が暮らしているのだ。

サルトリウスはコミャーギンのドアに近づいた。ドアの向こうでモスクワ・チェスノワの静かな声が聞こえた。彼女は寝床に横たわって、夫である同居人と話しているに違いなかった。

「あんた覚えてる、あたしがあんたに話したの、あたしは子どものとき、闇のような人が燃えさかるたいまつをもっているのを見たって――彼は夜に通りを走っていて、闇のような秋で、空がとても低かったから、どこでも……息がつけなかった……」

「覚えてるよ、」男の声が言った。「俺も君に教えただろう、どうやって俺がそのとき敵めがけて走り回っていたかって。そいつは俺だったんだよ。」

「あの人は年をとっていた、」寂しげにモスクワが訝しんだ。

「そりゃ年をとっていたかもしれん。ちっちゃな女の子の姿で生きている人からすれば、十六歳だって高齢の老人に見える。」

「それはそうだ、」モスクワは言った。彼女の声は少しずるく、少し悲しそうで、まるで彼女は十九世紀の四十歳の女で、すべては大きな居宅で起きているかのようであった。

「あんたはいまじゃ燃えつきて焼け焦げだね。」

「まったくその通りさ、ムーシャ、」コミャーギンは言った。彼は彼女のことを縮めて呼んでいた。[*104]「俺は消えつつある、俺は古い歌なんだ、俺の路線は終点間際さ、俺はまもなく個人の死という窪地に落ち込むんだ……」

ムーシャはしばらく黙り、それから言った。

「あんたの歌を歌っていた鳥だって、ずっと前に暖かい国に飛び発ってしまった。あんたはなんだかすっかりみじめな人だ、元お百姓さんのよう！」

「すっかりぼろぼろだよ、」コミャーギンが答えた。「すべてわかったよ。いまじゃ俺は何も愛してないんだ、わが共和国における秩序ってやつを除けば。」

ムーシャはやさしく笑いだした、いかにも彼女らしく。

「あんたは第二類のヒラの後備役なんだよ！　どうすればあたしはおそろしい大勢のなかからあんたみたいなのにめぐり会えたんだか？」彼は説明した。

「だが世界はそもそもそんなに大きくないんだ、俺は二度そのことを特別に考えてみたんだ。地球儀や地図を見ているときは、こう見えるだろ——一杯だなと、ところが——それほどじゃないんだ、それに全部算定されて、記録されてるんだ。三十分で住民と領土の台帳を全部走り読みできるよ——名前、父称、姓、それに主な特徴データだって!」

　廊下で灯りがふっと消えた、何か夜間の時間上限が訪れたことと、エネルギー担当全権による節電監督のせいであった。サルトリウスは冷たい下水管に頭をもたれさせた、それはかつてモスクワが抱きしめたもので、そのなかで上の階の汚物が断続的に流れていくのが聞こえた。

「それにいいことでさえあるんだぜ、全地上がちっさいってのは。その上でおとなしく生きることだってできるさ!」コミャーギンが言った。

　ムーシャ＝モスクワは黙っていた。やっと彼女の木製の脚がこつりと音をたてた。サルトリウスは彼女が座ったのだと理解した。

「コミャーギン、あんたまさかボリシェヴィキ[*105]だった?」彼女が尋ねた。

「いや何でだよ、——一度だってそんなことあるものか!」

「じゃあどうしてあのときあんたはたいまつをもって一七年に走っていたの、あたしがまだ育っているばかりであったあのときに?」

「そうしなきゃならなかったんだ、」コミャーギンが言った。「あのときはだって民警もなかったし、民警協力隊も——いわずもがなだ。住人はあらゆる敵から自衛しなけりゃならなかったんだ。」

「あたしたちが住んでいたところ、それにあんたも、――あそこはほとんど物乞いで、飢えた人ばかりで……あたしの父親だって、財産といっても三ルーブルばかりにしかならなかったし、それだって躰から引っぺがして、腹から引きずり出さなきゃいけなかったんだ、――何をあんたたちは守っていたっていうの、馬鹿な人たち、なんであんたはたいまつをもって走っていたの？」

「自警団の査察役だったんだ、走っていたのは――哨所を点検していたんだ……すべてが足りないってことは、貧困ってことだが、それだけいっそうそいつを守らなきゃならないんだ、そいつがいちばん高価なものなんだ。木製のスプーンが銀製になるんだよ！　そういうことなんだよ！」

「じゃ撃ったのは誰、それで監獄であのとき声たちの叫びがはじまったでしょ？……あんた、あたしに嘘はつかないで！」

「嘘なんてつくものか！　本当のところは――もっとひどかったんだ。撃ったのは謎めいた[*106]ならずもので、監獄では集会をやっていた、あそこじゃ食べ物がよかったから、誰も逃げ出して自由になろうとなんてしなかった――力づくで自由へと追い立てなけりゃならなかったんだ。俺もあそこで、看守のところでつてでスープを食ったよ。」

　モスクワは長いことかけて服を脱ぎ、鼻息をたて、木の脚をゆすった、――彼女はおそらく朝まで身を横たえるところだった。

サルトリウスは恐れながらその先の終わりを待っていた。廊下ではまれに住人が共同便所に出てきたが、数多くの、ありとあらゆる理解不能な現象に慣れきっていたので、闇のなかにいるよそものの人間を凝視したりはしなかった。

「あんたはイラクサのなかの盲人だよ、」モスクワがドアの向こうで言った。「あたしといっしょに寝ないでよ、このろくでなし！」

「ぎしぎしいってるな、木の脚め！」辛抱強くコミャーギンが彼女に指摘してやった。

「君は俺たちの特別な生活を知らないんだ……」

「そんなことないよ、知ってるよ。あんたを殺さなきゃだめだ、そこにこそ生活がある。」

「ちょっと待ってくれ、俺はまだ何一つやり遂げてないんだ、重要な企ての数々も考え抜いていない……」

「じゃあんたいったいいつそれは終わるの、もう老いぼれのくせに……何を期待してるの？」

コミャーギンは控えめに伝えた、自分は債券で数千ルーブル当てることを期待しているのであって[*107]、そうすれば企てからも離れて正気に戻るし、手をつけた事柄のすべても終わりにするのだと。

「だってそんなのすぐできるわけないじゃない！」モスクワが悲痛に言った。

「仮に死の一時間前だったとしても、俺にはじゅうぶんなんだよ！」——コミャーギンがはっきりさせた。「どっちでも同じなんだよ、金が当たらなくても、自分の人生をまともなものにできなくても、同じなんだよ——俺は決めたんだ——自然な末期を感じるやいなや、全部の事柄にとりかかる、それですべてを終わらせて悟り抜くんだ——どこかで一昼夜あればいい、俺にはそれ以上は要らない。一時間のうちにさえすべての生活の課題を片付けることができるんだ！……人生には特別なことなんて何一つない——俺は人生について特別に考えて、正しくそれに気づいたんだ。だってただそう見えるだけなんだ、百年ぐらい生きてさえ、全部の課題のための時間には間に合わないってのは！　まったくの間違いなんだ！　無駄に四十年ぐらい生きたとしても、それから棺桶に入る一時間前にいきなり手をつけて[*108]、すべてをちゃんとやりおおせることだってできるんだ、そのために生まれてきたすべてを！……」

　彼らはそれ以上もう話さなかった。コミャーギンは、音から判断するかぎり、床に横になって、長いことため息をついていた、時は過ぎゆくのに彼の事業は立ち止まっていることを悲嘆しながら。サルトリウスは憂鬱に立ち尽くして、何も決めきれないままでいた。誰かが外側に通じる出口のドアに鍵をかけて、最後のひとりとして、眠りにつくために自分の部屋に去っていくのが聞こえた。だがサルトリウスは、廊下の闇のなかで一晩過ごすことを恐れてはいなかった。彼は待っていた――いますぐコミャーギンが死んでしまうのを、そうすれば自分が部屋に入っていって、モスクワとそこに残るのだ。彼は期待を抱えたまま眠らずにおり、出来事に満ちた夜の時間が徐々に進んでいくのを、闇の静寂のなかで観察していた。下水管から数えて三番目のドアの向こうで、媾合の法則的な響きがはじまった。無人の便所の壁にかかった小タンクは、ときにより強く、ときにより弱く、空気の音をたて、強力な水道設備の働きを証明していた。遠くの、廊下の端のほうで、独り暮らしの住人が夢の恐怖にうなされて幾度か叫び声をあげだしたが、誰も慰めてくれるものはなかったので、彼はひとりで静かになった。コミャーギンのドアの向かいの部屋では誰かがわざわざ目を覚まして、ひそひそと神に祈りを捧げていた。《私を想い起こしてください、神よ、あなたの国で、だって私もあなたを想い起こしているのですから、――私に何か実際のものを授けてください。どうかお願いします！》廊下の別の部屋でも、それぞれの出来事が起こっていた――些細だが、途切れることのない、不可欠な出来事が、なので夜も昼と同等に、生活と行為とで埋め尽くされていた。サルトリウスは耳を傾けながら、どれだけ自分が哀れであるのかを理解していた、彼はただ一つの、すべての側から閉ざされた胴体しかもっていないのであった。モスクワとコミャーギンはドアの向こうで寝ていた。彼らの心臓は馴らされたように脈打っており、廊下には万人の平和な息づかいが伝わってきた、まるで一人ひとりの胸のなかには、ただ善良さしかないようであった。

サルトリウスは苦悶していた。彼はそっとドアを叩いて、誰かが目を覚まして、何かが起きるようにした。敏感なモスクワは寝返りをうちはじめ、コミャーギンを呼んだ。相手はいらだって応えた。夜中に彼女は何の用があるというのか、昼だって彼は何の役にもたたないのに。

「自分の債権を確かめてよ、」モスクワが言った。「灯りをつけて。」

「何だって？」コミャーギンはたじろいだ。

「もしかしたら、当たってるかもしれないよ……もし当たってたら、決まりに従って生きはじめるんだね、もし駄目だったら――寝っ転がって死ぬんだね。あんたみたいなのはソヴィエト連邦でもひとりだけだよ、恥ずかしくないの？」

コミャーギンは自分の頭のなかの弛緩した思考を緊張してかき集めた。

「俺にとってソヴィエト連邦が何だっていうんだ――ソヴィエト連邦！　そいつについていまじゃみんながぶつぶつ言っているが、俺はそのなかに住んでいるんだ、懐中のぬくもりに包まれているようなもんさ……」

「あんたはもうじゅうぶん生きた、英雄的に死になさいよ、」意地悪く、執拗にモスクワが促した。

コミャーギンは思考をめぐらした。特別なことは何も、実際のところ、起こらないであろう、たとえ死にさえしても、――すでに何千億という魂が死を耐えてきたが、不満を言うために戻ってきた奴は誰もいないのだ。だが、生は彼を、おそらくなおも、おのれの骨や、繁茂した肉や、血管の網によって縛りつけていた、――自分自身の存在がもつ機械的な堅固さは、あまりに頼もしく、慣れ親しんだものであった。彼は膝をついて自分の未完の文書類に手をつっこむと国債をめくりはじめ、モスクワは彼に、財務人民委員部の冊子で当選組番号のリストを読んでやった。総額で十ルーブル当たったことがわかったが、コミャーギンはこの当選国債の四分の一だけしか保有していなかったので、彼に支払われるべき純益は二・五ルーブルであった。人生はごくわずかだけしか増えぬものであったし、その決算をあらためてまとめることは、欠損なしにはいかないのであった。

「で、あんたどうするの?」モスクワが尋ねた。

「死ぬよ」コミャーギンが同意した。「生きるには及ばない。明日民警の派出所に罰金の領収書の帳簿をもっていきな――君には歩合で五ルーブルくらいの手取りになるはずだから。俺がいなくなってからも君はそれで食えるだろう。」

彼はそれから何かの上に横たわって、静かになった。

じきにモスクワがまたささやき声で問いを発した。

「ね、どうなのコミャーギン？」彼女は彼をただ姓だけで、他人として呼んでいた。「あんたはまた寝て、でそれから起きるんでしょ？」

「どうだかね、」コミャーギンが答えた、「俺はいま、考えてみたんだ……もし俺が民警支援協会でさらに十年ばかり働いたらば――俺は人民に規律を叩き込むやり方をすっかり身につけて、それからチンギス・ハン[*109]になれるんじゃないか！」

「あんたの馬鹿話はやめて！」モスクワは腹をたてた。「山師！　あんたは国家から時間を盗んでるんだ！」

「違うよ、」コミャーギンは否定して、優しく口にした。「ムーシ、ちょっと俺を撫でておくれよ、俺はそしたらじきに力が萎えていって、朝までには天使になっちまうからさ――死ぬよ。」

「ああ撫でてやるよ！」恐ろしい剣幕でモスクワが応えた。「いますぐ木の脚であんたを踏みにじってやる、あんたがくたばらないんだったら！」

「いや、おしまい、おしまい！　言うじゃないか、死の前に全人生を思い出さなきゃならないって――罵らんでくれよ、急いで思い出すからさ。」

沈黙がやってきた、コミャーギンの頭のなかで、彼の存在の長い歳月が列をなして通り過ぎていくのであった。

「思い出した？」まもなくモスクワがせきたてた。

「思い出すべきものが何もない、」コミャーギンが言った。「覚えてるのは季節だけだ。秋、冬、春、夏、それからまた秋、冬……一一年と二一年には、夏は暑かったが、冬は荒涼として、雪がなかった、一六年には——反対に——雨ばっかりだった、一七年には秋が長く、乾いていて、革命にはうってつけだった……たったいまのように覚えている！」

「でもあんたはたくさんの女を愛してきたんでしょ、コミャーギン、それがきっとあんたの幸せだったんだ。」

「俺みたいな*110人間のなかでは何が幸せなものか！　幸せじゃなくて、ひたすら色欲の哀れだよ！　愛なんて忌まわしい用足しだ、それ以上じゃないよ。」

「あんたそんなに馬鹿ってわけじゃないわね、コミャーギン！」

「人並みだよ、」コミャーギンが同意した。

「ま、もうじゅうぶん、」モスクワが澄んだ声で言った。

「じゅうぶんだな、」コミャーギンも言った。

彼らはふたたび静かになった、今度はずっと。サルトリウスはすみかのドアの向こうで、コミャーギンが潰えるのを冷静に待っていた、そうしたら部屋に入るのだ。闇と、心臓の長い苦しみとのせいで、彼は両眼が痛みだしたのを感じていた。

ようやくコミャーギンが、毛布で自分の頭をしっかりとくるみ、それからその毛布の少し下のほうを縄で縛って、ずり落ちないようにしてくれるよう、ムーシャに頼んだ。モスクワは木の脚を使ってベッドから降りると、然るべくコミャーギンをくるんでやって、それからため息をつきながら、戻ってまた横になった。

夜は淀みのように長々と続いた。サルトリウスは疲れて床に座り込んだ。まだ誰も廊下では目を覚ましておらず、朝はまだどこか、太平洋の鏡面の上にいた。しかし、すべての音はやみ、出来事はおそらく、眠っているものたちの躰の中心部に沈み込んでいき、そのかわりに振り子時計の振り子だけが部屋べやに誰にも聞こえるような音をたてていた、まるで最重要生産部門の工場が働いているように。そして実際に、振り子の仕事は最重要なのであった。それは蓄積されてゆく時間を追い払うことで、重苦しい感情や幸福な感情が滞留せずに人間を通り抜けていき、居残って人間を最終的に殺してしまうことがないようにしているのだから。

コミャーギンの部屋では振り子は音をたてていなかった。そこからはただ、寝入ったモスクワの清らかで滑らかな息づかいだけが聞こえてくるのだった。もう一つの息づかいは聞こえてこなかった――サルトリウスにはそれをとらえることができなかった。さらにもう少しだけ待ってから、彼はドアを叩いた。

「誰？」すぐにモスクワが尋ねた。

「僕だ、」サルトリウスが言った。

起き上がることなしに、チェスノワはドアの掛け金を無傷なほうの足の指で外した。

サルトリウスは入った。部屋のなかには灯りがついていた、債券を確かめたときから消されていなかったのだ。床には敷物の上にコミャーギンが横たわっていたが、頭は厚い毛布できつくくるまれていた。胸の周りには食い込むような細い縄で毛布が縛りつけられていた。モスクワはベッドの上にひとり、シーツに覆われていた。彼女はサルトリウスに微笑むと、彼と話しはじめた。ついでサルトリウスが彼女に聞いた。

「どうやって君はここに転がり込んだんだ、他人の部屋に、いったいどうして？」

モスクワは、どうしようもなかったのだと答えた。サンビキンは最初のうちは彼女を愛していたが、あとになると彼女に対して問題に対するように考え込むようになって、ずっと黙っているのであった。彼女自身も、以前の友人たちにまじって、みんなのものである整えられた街に、びっこで、やつれて、心を病んだ女として暮らすのが恥ずかしくなって、それで哀れな知り合いのところに隠れることに決めたのだった、時が過ぎるのを待って、また陽気になるために。

彼女はベッドに腰かけており、サルトリウスはその隣にいた。じきに彼女が自分の色褪せた顔をうつむけると、豊かな暗い髪の毛がそのほおを隠し、彼女は自身のお下げ髪の茂みのなかで泣きだした。サルトリウスは抱擁という手段で彼女を落ち着かせにかかったが、彼女には同じことであった。彼女は恥じ入って、木の脚をスカートの下に深く隠した。

「彼は寝ているの？」サルトリウスがコミャーギンのことを聞いた。

「知らない、」モスクワが言った。「死んでるのかも、――彼自身がそうしたかったのだから。足を試してみて。」

サルトリウスはコミャーギンのつま先を試した、それはまるでネクタイを締めているようにに靴下の残骸をまとっていた――残っているのは上側だけで、足裏と指は剝き出しだった。足の指とかかとは骨まで冷えきっており、躰全体が救いようのない状態で横たわっていた。

「たぶん死んでる、」サルトリウスが言った。

「その時だったのよ、」静かにモスクワが口にした。*111

サルトリウスは無言のまま歓んだ、この部屋に生きているものは誰もおらず、ただ彼と、以前のままの、愛するモスクワだけで、彼女はよりいっそう彼にとって愛しく、心臓のごとくになっていることに、また、彼女の幸福と栄誉は一時的に足踏みしたが、それゆえに彼女の眼前にあるすべてはふたたび前方にのみ開けていることに、そして彼はコミャーギンにいかなる同情ももたなかった。夜はとうに更け、彼らは二人とも疲れきり、ベッドで寝るために並んで横になった。

コミャーギンは遠くの床でじっと動かなかった。敷物を汚さぬよう、彼のためにモスクワはすでに夕べのうちから床の上に一九二七年の古い『イズヴェスチヤ』[*112]を敷いており、いまは灯りが過ぎ去った出来事についての報道を照らし出していた。サルトリウスはモスクワをかき抱き、彼は心地よくなった。

二時間ほどが過ぎると、勤務や仕事の準備をしながら、廊下を人々が行き交いはじめた。サルトリウスは目を覚まして、ベッドに腰かけた。モスクワは隣に寝ており、眠りのなかのその顔は穏やかで、善良で、パンのようであった、——ふだんの顔にはあまり似ていなかった。コミャーギンは前と同じ姿で寝ており、電気は煌々と灯って部屋中を照らしていたが、そこではすべてがつくり直しか、あるいは終わりを求めていた。サルトリウスは、愛とは、依然として過去のものとはなっていない社会の全世界的な貧しさから生じるのであって、そのようなときによりよい、より高い運命を目指しても、どこにもいきようがないのだということを悟った。彼は灯りを消すと、到来した状態から立ち直るために横になった。弱い、月光のような光が、窓越しに朝の空から浸み入って、ドアの上の壁伝いに広がりはじめた、それが部屋中を照らし出すと、そこは夜に灯りの下にいるよりもいっそう狭く、さみしくなった。

　サルトリウスは窓に近づいた。その向こうには冬の、煙でいっぱいの街が見えた。いつもの暁が、風も雷も期待できないような無関心な雨雲の、垂れ下がった腹部に沿って抜け出ようとしていた。だが数百万の人々は、自身のなかにさまざまな人生を担いながら、すでに街路でうごめきはじめていた。彼らは灰色の光のただなかを、作業場で労働し、事務所や製図局で熟考するために歩いていた、――彼らは大勢であった、だがサルトリウスはひとり座り、決して自身から離れることがなかった。彼の魂と思考は、単調な躰と一致して、死ぬほど同質につくられていた。

　死者コミャーギンは、部屋の出来事一部始終[*113]の目撃者として横たわっていたが、動くこともなければ、羨むこともなかった。モスクワは疎外のなかに眠っており、素敵な顔は壁へと向けていた。

　サルトリウスは、彼が全世界から獲得したものは、胸のなかに隠されている暖かな一滴だけであって、それ以外のものは感じとることがないままに、じきにコミャーギンと同じように隅のほうに横たわることになるのだということにおののいた。彼の心臓は闇のようになったが、脳裏に訪れたありふれた考えによって慰めることができた、進行中の人生がもっている全容量を、自分をほかの人々に変えることによって研究しなければならないという考えである。サルトリウスは自身の躰の方々を撫ぜながら、それが自然の法によって、また人間の自分自身への慣れによって禁じられている別の存在となって苦しみぬくように、運命を定めてやった。彼は研究者であったから、秘密の幸福のために自分を大事にするようなことはせず、おのれの人格による抵抗は、出来事や状況によって打破することを想定していた、そうすればほかの人々の見知らぬ感情が順々に彼のなかに入れるようになるであろう。生きるために現れた以上は、この可能性を見逃すわけにはいかないのであって、すべての他人の魂に入り込むことが必要だ——さもなければどうにもしようがない。自分自身といっしょにでは、生きるべき何事もないし、そのように生きているものは、ただ眼を見開いて、愚かさから茫然自失することしかできない*114。

　サルトリウスは窓ガラスに顔をもたれさせ、愛する街を眺めた、毎分未来の時間へと成長し、労働に波立ち、みずからを拒み、見違えるような若い顔をもって前方によろよろと進んでいくこの街を。

「僕ひとりが何だというのだ?!　モスクワの街のようになろう。」

　コミャーギンが床の上で動き出すと、自分自身の息でむっとなった空気を呼吸した。

「ムーシャ！」彼はためらいがちに呼んだ。「下にいたんで凍えちまった。君んとこに入ってもいいかな？」

モスクワは片眼を開けると言った。

「じゃ入りなさいよ！」

コミャーギンは彼を窒息させる毛布から抜け出しはじめ、サルトリウスはドアの外へ、街へと別れも告げずに立ち去った。

13

彼は少しのあいだ、生きていないかのようになった。タイピストのリーザのところに通うのを彼はやめた、なぜなら彼女はヴィクトル・ヴァシリエヴィチ・ボシュコときっぱり身を固めたからで、秤・分銅トラストもみずからの清算準備に入って、職員たちのせいですっかり荒らされた。ひとり文書使の女性だけが、無人の冷たくなった機構の建物で暮らしていた――彼女には子どもが生まれたので、廃棄された案件の柔らかい紙束の上で、その子を食べさせたり面倒をみたりしていたのである。

　サルトリウスは自分の昔の職場を二度訪れ、がらんとした机にしばらく向かい、何か重さのないものを計量するための設計図を書いてみようとしたのだが、いかなる感慨も、悲しみも、満足も、得ることがなかった。すべてが終わったのだった――人々に魂を配分していた職場の家族共同体は解体され、共用のやかんはもはや十二時になっても沸き立つことはなく、コップは空っぽのまま棚に立ち並び、次第に何か紙につく薄色の虫のような小さなものが住みつきはじめた。文書使の子どもはときに泣いたり、落ち着いたりで、その子の上のほうでは振り子時計が前進し、母親はどこにでもある母の愛情で子どもを撫でてやっていた。彼女は脅えながら、新しい機構が建物に入ってくるのを待っていた、なぜなら彼女にはどこにも住むところがなかったからである、しかしその新しい機構は移転前夜にやはり清算されてしまい、それゆえその面積は住居用ストックの予備に充てられることになり、のちになって家族での入居者が暮らしはじめた。

　サルトリウスはいよいよよく見えなくなって、彼の眼は盲いた。彼は自分の部屋で丸々ひと月にわたって横になっていて、それからようやく、痛みのある視力で、また少しずつ見ることをはじめた。かつてのトラストの文書使が一日おきに彼のところにやってきて、食べ物をもってきたり、家事をやってくれたりした。

二度、サンビキンが眼科医を連れて彼のもとを訪ねてきて、彼らは次のような医学上の結論を出した、眼の病気の原因は、躰のずっと遠い奥、おそらくは——心臓であると。総じて、とサンビキンは言った、サルトリウスの組成は、はっきりしない変容*[115]の過程にあると、そしてサンビキン自身、この考えに何日ものあいだ当惑することになった。

ようやくサルトリウスは家から外に出た。通りに多くの人がいることが彼を歓ばせた。疾走する車群のエネルギーが彼の心臓に高揚を生み、間断なき太陽は行き交う女たちの無帽の髪に、それに誕生の潤いにひたりきったみずみずしい樹々の木の葉に光を注いだ。

ふたたび春がめぐってきた。時はいっそうサルトリウスの人生を遠ざけていった。光に目がくらむために彼は頻繁に瞬きをして、人々にぶつかった。彼にとってよかったのは、人々がかくも大勢いたということで、つまり、彼は必ずしも存在しなくてもよいのであった——彼がいなくても、すべての必要なこと、なすべきことをやり遂げてくれる誰かがいるのである。

ある重苦しくて暗い感覚*[116]が、彼をとらえていた。彼は自分の躰を、死んだ目方のように運んでいた、——うんざりとさせ、陰気で、哀れな最期にいたるまで経験され尽くされたもの。サルトリウスはたくさんの行き会う顔をじっと見つめた。見知らぬ魂のなかに隠されている他人の人生が、間近にある快楽として、彼を苛んだ。彼は脇のほうに立ち尽くして、物思いに沈んだ。

一万人ほどの民衆が、カランチョフスカヤ広場でうごめいていた。サルトリウスは驚きを覚えながら、まるで一度もこうした光景を見たことがなかったかのように、関税局の脇で立ち止まった。

《いまみんなのあいだに身を隠して消えてしまおう！》——曖昧に、また軽く、彼は自分の意図について考えた。

彼のほうに、何か模糊とした人物が近づいてきた、決して覚えておくことなどできず、忘れられてしまうに違いない人物であった。

「同志、ここのどこでドミニコフスキー横丁[*117]がはじまっているか、知りませんか？　たぶん、ご存知ってこともあるんじゃないですか、俺も知ってたんですが、手がかりがわかんなくなっちゃって。」

「知ってますよ、」サルトリウスが言った、「ほらそこですよ！」と方向を指し示しながら、聞いたことのあるこの声を思い出したのであったが、このような顔には覚えはなかった。

「じゃ、あそこに棺桶の製造所はあるかどうか知りませんか、それとももう建設と改造のためにどこかに移されちゃったかな?」通りがかりの人物は問い続けた。

「どうでしょう……たぶん何かはありますよ、棺桶と花輪と、」サルトリウスは説明した。

「運ぶためのものは?」

「たぶんあります。」

「徐行用の自動車じゃないかな。」

「そうかもしれません。第一速で進んで、故人を運ぶやつです。」

「ああ、それ、」と、第一速が何か理解せぬままに、この人物はあいづちをうった。彼らは黙り込んだ。通りがかりの人物は、走行中の路面電車に跳びつこうとする人々を情熱を込めて眺め、彼らのほうに向けて、あるはっきりとしない憤怒の動きを示しさえした。

「僕はあなたのことを知っている、」サルトリウスが言った、「僕はあなたの声を覚えている。」

「大いにありうるでしょうな、」素っ気なくこの人物は認めた。「多くの人から規則違反で罰金を取らねばならなかったですし、そういうときは叫ぶもんでしょうから。」

「思い出せるかもしれません。あなたの名前は?」

「名前なんて何でもないのです、」通りがかりの人物は言った。「大事なのは正確な住所と姓です、しかしそれでも足りません。身分証を示さなきゃいかんのです。」

彼は身分証明書《パスポート》*118を取り出し、サルトリウスはそこに姓を読んだ。コミャーギン、年金生活者、それに住所。彼の知らない人であった。

「僕らは知らんもの同士ですよ、」サルトリウスの落胆を目にしてコミャーギンが口にした。「そう見えただけだったんですよ。よくあることで、何かが大事なことに見えるけれど、あとになると——何でもないんです。まあいいです、あなたはここに立っていれば、俺は棺桶のことを確かめにいきます。」

「奥さんが亡くなったのですか？」サルトリウスが尋ねた。

「生きてますよ。自分から出ていっちまったんです。棺桶をあれこれ考えてるのは自分のためです。」

「でも、どうして？」

「何でどうしてなんです？——必要でしょう。*119 俺は死者の全行程を知っておきたいんですよ。墓掘りの許可はどこでもらうのか、どんな事実と書類が要るのか、棺桶、それから搬送、埋葬はどうやって注文するのか、そしてとどのつまり人生の収支決算は何によって完了するのか。つまり、市民からの人間の最終的な除籍はどこで、どのような形式によっておこなわれるのか。俺は前もって全行程をたどってみたいんです——人生から完全な忘却まで、いかなる*120存在も跡形なしに清算されるところまで。この行程は形式面においては困難であると言いますね。それはそうなのです、親愛なる同志よ。死ぬ必要はないのです、市民たちは必要なのですから……でもあなたは御覧になっているでしょう、広場で何がなされているか。市民たちは右往左往しています、まともに歩くよう習慣づけられていないのです。在世のおり同志ルナチャルスキー[*121]は大衆のリズミカルな運動について何度説教したことか、ところがいまじゃ彼らに罰金を課さなきゃならんのです。人生はいかに散文的であることか！　共和国の英雄的民警、万歳！……」

コミャーギンはドミニコフスキー横丁のほうに去っていった。サルトリウスのほかに、さらに四人のゆきずりの人と一人の浮浪児が彼の話に聞き入っていた。この子どもは十二歳くらいであったが、速足でコミャーギンのあとを追いかけていき、大人びた声で彼に申し出た。

「失礼、あんたはどっちみち死ににいくところなんでしょ、家の物をおくれよ――俺がもってってやるよ。」

「わかったよ」コミャーギンが言った。「いっしょにこいよ、お前が俺の家財を相続する、自分の人生の運命は俺が自分でその先にもっていくよ。さらば、わが人生――お前は組織的な快楽のなかで過ぎ去っていったのだ。」

「あんたいい人だね、死んでくれるってのは」利口な子どもは心優しく伝えた。「俺には出世のために元手がいるんだ……」

サルトリウスの魂は好奇心の狂おしさを感じていた。彼は、個々の人間の心臓がもつ避けられぬ哀れさという意識を抱いて立っていた。生きているさまざまな人々の光景に、だいぶ前から驚きを覚えていた彼は、他人の、自分のものではない人生を生きたいと思っていた。

彼は戻らねばならないわけではなかった――彼のすみかは空であり、トラストは清算され、親しき同僚たちはほかの機構のなかの人々が住まう場所に移り、モスクワ・チェスノワはこの街の、人類の空間のどこかで消えてしまった――これらの状況のために、サルトリウスは愉快になってきた。人生の基本的な義務――個人的な運命への配慮、絶えず感覚によって叫びたてる自身の躰の知覚――は消えたのだった、途切れのない均質な人間になることは彼にはできなかった、彼のなかで愁いが迫ってきた。

サルトリウスは腕を動かした――世界に関する普遍的理論によれば、彼はもっとも遠くの星さえも揺さぶる電磁振動を起こしたということになる。偉大な世界についてのかくも哀れで貧困な理解に、彼は笑みを浮かべた。否、世界はよりよく、より秘密に満ちたものだ。腕の動きも、人間の心臓の働きも、星を動揺させはしない、さもなくばあらゆるものが遥か昔に、これらのつまらぬことの振動のために揺らいでしまったはずではないか。

サルトリウスが向かいからやってくる人々のあいだを縫って広場を進むと、作業ズボンを履いたひとりの地下鉄工事の女労働者が目に入った――その風貌はモスクワ・チェスノワのようであり、彼の両眼は愛の思い出に痛みだした。変わらぬ感情によって生きてはならぬ。彼は試しに友達になってみないかと地下鉄建設員の娘を説きつけようとしたが、彼女は笑いだすと急ぎ足で彼から離れていった、汚れて、美しい姿で。

サルトリウスは自分のかすむ眼をぬぐい、それからモスクワとそのほかのありとあらゆる存在を想って思うおのれの心臓を説きつけようと欲した、だが、彼の思惟は効き目をもたないことを悟った。だが、自分を尊重する気持ちはなかったので、彼の苦悩はつらいものではなかった。

街をさらにさまよいながら、彼はしばしば、幸せそうな、悲しそうな、あるいは謎めいた顔を見つけ、自分は誰になるべきかを選んでいた。別の魂について、新しい躰が自分の上でもつ未知の感覚についての想像が、彼のもとを離れなかった。彼は、他人の頭のなかでの思考について考え、自分のものではない足取りで歩き、空っぽのあつらえられた心臓を貪欲に歓んだ。胴体の若さは、サルトリウスの知性[*122]の欲情へと転化した。微笑みを湛えた、謙虚なスターリンが、広場や通りで、新鮮で未知である社会主義世界のすべての開かれた道を警護していた、――生活は遠い彼方に向かって広がっており、そこから帰ってくるものはない。

サルトリウスはクレストフスキー市場[*123]に移動して、自分の未来の存在にとって必要なものを買おうとした。彼は自分の新しい生活のことをとても気にかけていた。

クレストフスキー市場は商売をする貧民とひそかなブルジョアで一杯で、彼らは乾いた情熱とおのれのパンを得ようとする絶望のリスクのなかにあった。不浄な空気が、立ちよどみ何かをつぶやく人々の大人数の集まりの上に漂っていた、――彼らのうちのあるものは乏しい商品を手で自分の胸にかき抱きながら声をかけ、別のものは強欲にそれらの値段を確かめて、いじくりまわしたり落胆したりしながら、永久に自分のものにすることを当て込んでいた。ここでは十九世紀の裁ち方の、粉まみれで、用心深い躰の上で数十年にわたり大切にされてきた古い服が売られていた。ここには毛皮外套もあったが、それらは革命のときにあまりに多くの人の手を通過したので、地球の子午線[*124]でも人々のあいだを経たその路程を測るには足りなかった。人だかりのなかではさらに、みずからの生命の意味を失ってしまったような物も商われていた、――あれこれの特別な女性のものであったゆったりとした室内服、司祭の聖衣、子どもの洗礼用の飾りのついた鉢、故人となったジェントルマンのフロックコート、腹につける鎖のさげ飾りなど、――だがそれらは、厳格な質の査定の象徴として、人類のあいだに出回っていたのだ。それにくわえて、数多く売られていたのは、最近死んだ人たちが身に着けていた物、――死は存在していたのだ、――それに小さな子ども用の下着もあって、これは身ごもった赤ちゃんのために用意されたのだが、それから母親がおそらく産むことを考え直して中絶し、生まれなかった子どもの小さな下着に涙を流したものを、前もって買っておいたがらがらといっしょに売り払ったのである。

　特別な一列では絵の具で描かれたオリジナルの肖像画や、芸術作品の複製品を売っていた。肖像画には、郡の町に暮らしていたような、ずっと昔に滅び去った町人や花婿花嫁が描かれていた。彼らはみな、表情から判断するかぎり、おのれに歓びを感じており、彼らとともに生じている人生への満足を表明していた。人物の背後にはときおり教会が自然[*125]のなかに見え、幸福な夏の樫の木が伸び盛っていた、常に過ぎ去りし夏の。

　サルトリウスは過去の人々のこれらの肖像画の前に、長いこと立っていた。いまでは彼らの墓石を使って新しい街々の歩道が舗装され、三番目ないし四番目の短い世代がどこかで碑銘を踏みつけているのだ。《ザライスク市[*126]の第二ギルド[*127]商人、ピョートル・ニコジモヴィチ・サモファーロフの躰、ここに埋葬さる、齢……年。我を思い出したまえ、主よ、汝の王国に来たらん時には》――《乙女アンナ・ヴァシリエヴナ・ストリジェワの骸、ここに眠る……われら泣き、苦しまん、彼女は主にまみえんことを……》

神のかわりに、いま死者のことをサルトリウスは思い出し、彼らのあいだで生きることの恐怖から身震いした、――森がまだ伐り倒されていなかった頃、不具の心臓は孤独な感情に永遠に忠実で、親交は血縁者のみと結ばれ、世界観は魔術的で忍苦的で、知性は夜ごと灯油ランプの下、もしくは輝く夏の午、さみしがって涙を流したのであった――広大な、ざわめく自然のなかで。それはまた、みじめな女、献身的で忠実な女が、おのれの憂いから木を抱きしめていた頃であった、愚かで、愛らしく、いまやすんなりと忘れられた女が。彼女はモスクワ・チェスノワではない、彼女はクセーニャ・インノケンチエヴナ・スミルノワ[*128]だ、彼女はもういないし、二度と現れない。

その先では彫刻、茶碗、皿、五徳、フォーク、何かの手すりの一部、十二プードの分銅が売られており、私営の油化製品売りの最後の連中がしゃがみ込み、解雇された零落した組立工たちが自分の家用の万力、薪割り斧、金槌、釘ひとつかみを売っ払い、――さらにその先では、靴職人たちが広がってその場で作業し、食べ物売りの老婆たちも、冷たいブリヌイ[*129]や、肉くずの詰まったピロシキや、故人となった夫である老人たちの、綿の背広がかかったその下の、鋳鉄製のつぼで温められたレバー団子や、一人前に分けられたきび粥や、その他、地元公衆の飢えの苦しみを癒しうるありとあらゆるものを扱っていたが、この公衆はのどを通りさえすればいっさいの身のまわりのものを食べることができ、そしてそれ以上ということはなかった。[*130]

さえない泥棒たちが、必要とする人々と売る人々のあいだを歩き回っていたが、彼らは更紗、古びた防寒長靴、白パン、オーバーシューズ片方といったものを人々の手からつかみ取っては、さまよう躰の密林に駆け込み、五十コペイカ玉や一ルーブルを盗みのたびに稼ごうとした。本質において彼らは、雑役工の賃金がいかに正当であるかを骨折って証明していたのであって、むしろいっそう疲弊していた。

市場のただなかには、民警用の木造の小屋がいくつかそびえ立っていた。民警はそこから下界、荒れ立つ抑え込まれた帝国主義のこの小海を見下ろしていた、そこでは勤労者はもう取って代わられていた[*131]ものの、のらくらものはいた。[*132]

安価な糧がそれとわかる音とともに人々のなかで消化されてゆき、それゆえ誰もが自分のことを、まるで複雑にできた企業のように重苦しく感じた、そして不浄な空気がドンバス[*133]に漂う煙のようにそこから立ち昇っていた。

バザールの深奥では絶望の叫び声が頻繁に響いた、けれども誰も助けには駆けつけず、不幸のすぐ脇で人々は売り買いを続けた、なぜならば彼ら自身の苦しみが、猶予のならぬ慰めを求めていたからである。昔の兵隊外套を着こんだひとりの衰弱した人を、売り子の女が白パンで便所の脇の小便の水溜りに追いやって、ぼろきれでその顔を打っていた。売り子の女を助けるために流れ者の不良が現れて、便所の塀の下に倒れ込んで弱った人の顔面をたちまち殴って血まみれにした。彼は叫びをあげず、こめかみから流れる血で覆われた自分の顔にも触らなかった、――彼はかさかさのくすねた白パンを大急ぎでほおばり、朽ちた歯に苦しみつつも、じきにそのことをなし終えた。不良が彼の頭にさらに一発食らわせると、傷ついた食い手は、その黙りがちの柔和さからは理解しえぬ力のエネルギーをもって跳ね上がり、人々の群れのなかに、ライ麦の穂群れに隠れるごとくに姿を消した。彼はいたるところで自分の食い物を手に入れ、長く生きるだろう、よすがもなく、幸福もなく、そのかわりに腹だけはよく一杯にして[*134]。

　除隊された風采の年取った男が、ひとところにじっと立ち尽くし、近くのざわめきだけに揺り動かされていた。サルトリウスがこの男に気づくのはもう二度目で、彼はそちらへと近づいていった。

「パンの配給切符があるよ、」若干警戒してサルトリウスを観察したのち、この動かぬ男は言った。

「いくら?」サルトリウスは聞いた。

「二十五ルーブルで第一カテゴリー[*135]。」

「じゃ一冊もらおうか、」サルトリウスは頼んだ。

売り手は脇ポケットから慎重に封筒を抜き出したが、それには「天然資源機械加工研究所《メハノブル》完全プログラム」と印刷されていた。プログラムのなかに配給切符が入っていた。

この同じ売り手はサルトリウスに、もし欲しければと身分証明書《パスポート》も勧めたが、サルトリウスが自身に身分証明書を手に入れたのは少しあとのことで――魚捕り用の虫を売っている人のところであった。身分証明書には、ノーヴィ・オスコル市[*136]の生まれ、イワン・ステパノヴィチ・グルニャーヒン、三十一歳、店舗従業員、予備役小隊長と書き込まれていた。サルトリウスはこの書類のために全部で六十五ルーブルを支払い、ついでに自分の身分証明書、二十七歳で、高等教育の学歴をもち、自分の専門の広い界隈で知られた人間の身分証明書を手渡した。

バザールからグルニャーヒンはどこにいくべきか知らなかった。彼は大きな広場まで移動して、交通整理ボックスに上がっていく梯子の鉄製の踏み桟に腰をおろした。信号機が自身の色をかえ、車のなかの人々は疾走し、トラックは梁や丸太を運び、民警はスイッチを動かしては注意を張り詰めていた、――大勢の見知らぬ人たちが、疾駆する運動のかたわらに立って、他人の生活を眺めるなかで自分の孤独な生活を忘れていた。グルニャーヒンには彼の眼がもう痛くないし、モスクワ・チェスノワも彼には決して必要ではないと思われた[*137]、なぜならば数多くの素敵な女たちがここで道路を渡っていったが、彼の心臓は誰にも惹かれなかったからである。

夕方までに彼は、ソコーリニキ[*138]で何か補助的な装置をつくっている、ある目立たぬ工場の福利厚生部に入り、この新しい従業員には宿舎に部屋があてがわれた、というのはこの人物は無一物で、自分の小さな、服を着た躰とその上の、丸っこい、見たところ賢くはない顔をもっていたばかりであったからである。

数日後にはグルニャーヒンはすでに自分の仕事に熱中していた。彼は昼食用の各人分のパンの調達、鍋に対する野菜の基準設定を担当し、各人に公正な一片が行き渡るように肉の算定をおこなった。彼は人々を養うことが気に入っており、誠意と熱意をもって働き、炊事所の彼の秤は清潔さと正確さによって、まるでディーゼルエンジンのように輝いた。

夜ごと、孤独と自由に倦み疲れたグルニャーヒンは、路面電車の最終便まで並木路をさすらった。午前一時が訪れ、客車がスピードを出して車庫に滑り込んでくると、イワン・グルニャーヒンはその空っぽの空間に乗り込んで興味深く眺め回した、昼間そこにいた数千の人々が、自分の吐息と最良の感情を空の座席に残していったようであった。車掌の女はときに年輩、ときに若くて愛らしく、眠そうであったが、そこでひとり席につき、無人の停留場ではベルの綱を急いで引っぱって、最終便の路程をより早く終わらせようとするのであった。

自分の人生の第二の人間となったグルニャーヒンは、車掌に近づいていくと、彼女とおしゃべりをしだした、それは周りを取り巻く目に見えるいっさいの現実とはかかわりをもたない、よそごとについてであったが、かわりに彼女はみずからの内に、目に見えないものを感じはじめた。付随車から入ってきたある車掌はグルニャーヒンの言葉に同意し、それで彼は走行中に彼女を抱きしめ、それから彼らはよりおぼろげで見えにくい後部デッキに移動して、キスしながら三駅を通り過ぎてしまったあとで、ようやくどこかの人が並木路から彼らに気づいて《ばんざい！《ウラー》》と叫びかけた。

そのとき以来、彼は折にふれて夜の車掌たちとの自身の交際を繰り返した、——ときどきはうまくいったけれど、おおかたは否であった。しかし、彼をいよいよとらえていったのは、そうした私的な、跡を残さず流れてゆく愛ではなく、未知の人物グルニャーヒンであり、その運命が彼を飲み込んでいったのである。

厚生部でさらに働くなかで、彼は徐々に自分の仕事と環境に惹き込まれ、人生を謳歌さえしはじめた。彼は本棚を手に入れて、本をぎっしりと詰め込むと、世界哲学の勉強をはじめ、普遍的な思想に、また、世界において善は避けられず、それから身を隠すことすら誰にもできないということに、満足した。力学の黄金律と、大円の黄金分割の諸法則は、いたるところ恒常的に作用していた。それゆえ、ひとり自然の作用のみのおかげによって、小さな仕事は常に大きな成功を与え、各人には黄金分割の一片が届けられるのだった——もっとも巨大で滋養に満ちた一片が。したがって、労働よりは、術策、手際のよさ、それに幸福による恍惚への準備ができた魂が、人間の運命を定めてきた。すでにアルキメデスとアレクサンドリアのヘロンが、人類に広汎な喜悦を約束した学問の黄金律に歓喜したものであった。なぜならば、腕の長さが不均等である梃子にくわえられた一グラムが、一トン、それどころか地球丸ごとすらも、アルキメデスが見積もったように持ち上げることができるのだから。ルナチャルスキーもまた、現在の太陽が不十分なもの、あるいは総じてうんざりさせる、醜いものとなったならば、新しい太陽を点火することを想定していたのだった。

　読書に慰撫されて、イワン・グルニャーヒンは製造所でよく働いた。一か月のあいだに彼は、厚生部長の指示のもと、食堂の陰鬱な調度品を豪華で魅惑的なものにすっかり入れ替えた。グルニャーヒンは緑化建設トラスト、それにモスクワ家具《モスメーベリ》工場やその他の諸組織と年間契約を結んだ。彼は取り替えのできる鉢植えの花を並べ、細長いカーペットを敷いた。それから換気を増強し、二台目の壊れた送風機のために電動機を手ずから修理しながら、苦心して電気工学を思い出したのであったが、それ以上はもう関心をもつことはなかった。食堂と組み立て部門の壁に、グルニャーヒンは古代史の生活の挿話が描かれた大きな絵をかけた。トロイ陥落、アルゴナウタイの遠征、マケドニアのアレクサンドロス大王の死、──すると工場長は彼の趣味をほめた。

「われわれに必要なのは、謎めいていて、素晴らしくあることだ、あたかも実現不可能であるかのように、」工場長はグルニャーヒンに言った。「しかるに、これらはすべて、われわれの現実と比べればつまらぬものだ！　しかし──かけておけばいい。歴史はかつて貧しかったのだし、そこから多くを求めるべきではない。」

全般に漲る礼節と豊かさに影響されて、グルニャーヒンは恥ずかしさを覚え、自分の個人的な使用のために下着や靴や果物を手に入れだし、愛してくれるただひとりの妻をすでにもう夢見るようになった。ときどき彼は、かつての哀れな秤・分銅トラストのことを思い出したが、それは彼がまだサルトリウスであったときのことで、──そこでは自分の心臓のせいで物憂くまた暖かく、妻も必要ではなかった。だがいまでは、別の人間になってしまって、グルニャーヒンにはたとえ人為的にでもいいから、家族と女性とによる暖めが必要であった。

新型建設物部門では、上級組み立て工としてコンスタンチン・アラーボフが働いていたが、彼は三十歳ほどの人間で、ディナモ・スポーツ協会[*139]の会員であり、容姿も優れ、プーシキンを諳んじた。当番技師イワン・ステパノヴィチ[*140]・グルニャーヒンは彼に何度か会っていたが、注意を向けることはなかった、――よくあることなのだが、その運命が君たちの心臓に入り込むことになる人々は、長いこと気づかれずに生きているものなのだ……アラーボフは、ある作業班長で、フランス人コムソモールカのカーチャ・ベッソネ＝ファヴォールという陽気で賢い娘に魅かれ、永遠に愛に生きるために彼女といっしょに去り、妻と二人の息子を捨てたのだった――一人は十一歳で、もう一人は八歳だった。アラーボフの妻はまだ若かったが、陰気で、しばらくのあいだは仕事の終わる頃に工場にやってきては、彼女の心臓がすぐには忘れることなどできなかったに違いない、自分の夫を一目見ようとしていた。それから彼女は通うのをやめた。彼女の愛の感情は疲弊にいたり、やんだのである。まもなくしてグルニャーヒンはカーチャ・ベッソネから、アラーボフの十一歳の息子が共同住宅でいっしょに暮らす隣人の銃で自殺し、まるで大きな人のように書きつけを遺していったことを知った。カーチャは悲嘆し、泣きぬれながら言った、どこか部屋のなかで塞ぎ込んで、みずから子どもが死んだ――ちょうどそのとき、彼女は彼の父親との幸福に溺れていたのであると。グルニャーヒンはそのような死を前にして、まるでいっさいの沈黙のただなかにあって、か細い悲鳴が彼の前で響いたかのように、戦慄と驚きのあまり身震いした。彼は以前にその子どもを知らず、この存在を見落としていたことを悔いた。

カーチャ・ベッソネはおのれの意識に苛まれてアラーボフを拒絶した、彼のほうはよくあるように、いっそう激しい彼女との愛のなかで自分の絶望を鎮めようとしたのだった。だが、独りでいることも彼女にはできなかった、そのためベッソネはグルニャーヒンと映画館にいき、そこから彼らはいっしょにアラーボフの元妻のところに向かった。カーチャは故人の葬式が今朝なされたことを知っており、母親が自分にもっとも忠実であった小さな人との永遠の別れをおこなうのを手伝いたかったのである。

アラーボフの妻は彼らを無感動に迎えた。彼女は清潔で立派な服装で、慎ましい式典のためにきちょうめんに身を整え、落ち着いており、泣いてはいなかった。カーチャ・ベッソネのことは彼女はもちろん知っていたが、グルニャーヒンのことは工場で一度見たことがあるだけで、どうして彼がここにいるのか理解できなかった。

カーチャがみずから最初に彼女を抱きしめたが、アラーボフの妻は両手を垂らしたまま立ち尽くして何も応えなかった、彼女にとっては自分に何が起ころうがいまや同じであった。彼女は機械的に石油コンロをつけると、自分にとっては他人である客のために茶を沸かしてやった。グルニャーヒンは、気の毒になるほど醜く不細工な顔をしたこの女が気に入った。彼女の鼻は大きくて細く、唇は灰色で、色のない瞳は孤独な家事労働のせいで黙り込んでいた。彼女の躰はわずかな齢にもかかわらずすでにひからびて、男性の姿かたちを想起させ、痩せ細った胸はなすべきことがないかのように垂れ下がっていた。

茶を飲み終え、客たちは辞去しようとした。訪問は慰めをもたらさず、カーチャ・ベッソネ自身の内部には、おのれのあまりに感じやすい、それでいて怠惰な心臓の非力さへの苛立ちが残った。だが、去り際になって女主人は突然に、自分の部屋の虚無のほうへと振り返った。グルニャーヒンも突然に同じほうをかえりみた、すると彼にはすべての物がいきなり何かよく知っている、一般的な人間、おそらく——彼自身の似姿、歪んだ姿になったように見えた、それらすべては、つまり、おのれの注意を居あわせた人々へと向けて、その曖昧な顔と姿勢でみなを陰気にあざ笑ったのだ。アラーボフの元妻も多分同じものを目にしたのだった、なぜならば彼女は自分の永遠の苦しみのためにいきなり泣きだして、部外者に対する恥ずかしさから顔をそむけたのだった。彼女は、他人からの助けなどありえず、ひとり身を隠したほうがましであることを、本能的に知っていたのである。

そんな人生を悲しく思いながら、グルニャーヒンはベッソネ＝ファヴォールといっしょに通りに出て、彼女に言った。

「力学の黄金律があると聞いたことがあるだろう。ある人たちはこの規則を使って、自然を丸ごと、人生をすべて、欺くことを考えた。コースチャ・アラーボフも、君といっしょに、あるいは君のなかから——どう言えばいいか？——何がしかを、何かただで得られる黄金を手にしたかった……彼はそれをたしかに少しは手にしたんだね……」

「少しは――そうね」ベッソネが同意した。

「で、どれだけ手にしたのか――一グラム以下だね！　だが梃子のもう一方の端には釣り合いのために墓土を丸々一トンは載せなけりゃならなくなった、それがいまや彼の子どもを覆ってのしかかっているんだ……」

カーチャ・ベッソネは困惑して顔をしかめた。

「決して黄金律によって生きちゃいけない」彼女にさらにグルニャーヒンは言った。「それは無学で不幸せなことだ、僕は技師で、だから自然がもっと厳格であって、そこには至福なんてないことを知ってるんだ。じゃさよなら、君のバスがきたよ」

「ちょっと待って」カーチャ・ベッソネが頼んだ。

「いや、僕は時間がない」グルニャーヒンは答えた。「僕には関心がない、僕は好かないんだ、自分自身をさんざん楽しんでおいて、それからどうすればいいのかわからなくなって、それで僕といっしょに歩くなんてのは。ちゃんと生きなければ」

ベッソネ＝ファヴォールは不意に笑いだした。

「わかった、いって、いって」彼女は言った。「わたしに何を求めるの、まるでわたしが自分でわたしのことをこうしたみたいに。わたしだって好きでこんなんじゃない、思いがけずこうなってしまうの。でも、もうそんなことはやめるわ、ごめんなさい……」

グルニャーヒンはアラーボフの妻の部屋に引き返した。彼女は相変わらず無感動に彼を迎えたが、彼のほうは敷居をまたぎながら、彼女に彼の妻になってくれるように申し出た、——それ以上申し出るべきことはなかった。女は蒼ざめた、まるで彼女のなかで見る間に病気がつのったかのようであり、何も答えなかった。イワン・ステパノヴィチは、深夜になって外の往来が途絶えるまで、部屋のなかで座りつづけた。それから彼は知らぬ間に寝入ってしまったが、アラーボフの妻は彼のために小さな長椅子の上に場所をつくってやって、ちゃんと横になるように言いつけた。

朝になり、いつものようにグルニャーヒンは仕事に出かけたが、夕方には戻ってきた。マトリョーナ・フィリッポヴナ・チェブルコワ（彼女は夫の姓であるアラーボワを彼の背信以来、名乗ることはやめていた）は、この新しい人間を歓迎もせず、追い出しもしなかった。彼は彼女に金を渡した——机の上に置いたが、彼女は機械的に彼に茶を沸かし、自分の食べ物の残りを何か食べられるように温めた。数日後の夕方に門番がやってきて、マトリョーナ・フィリッポヴナに新しい入居人を登録するように命じた——彼を追い出そうと彼と結婚しようと、したいようにすればよいのであるが、このように生きるのは誰も許してくれないというのであった。門番はかつて富農として清算された人々の出で、それゆえあらん限りの正確さをもって法に固執した。彼自身国家の力を経験し、身に染みて味わったのである。

「気をつけなよ、市民チェブルコワ、しくじらんようにしないと。国庫は損失を好まんよ。」

「もうたくさんだ……前は罰金なんて課されなかっただろうに、それが夫がいなくなって、弱いものになったらば……」

「彼を登録しなよ、」門番はグルニャーヒンを指した。「女の規範をなくしちゃいかんよ、さもなきゃ居住権をみすみす失って、あんた自身が映画の『脂肪の塊』*141みたいになっちまうぜ、痩せぎすだけど。」

「明日登録しておくれよ、間にあうだろ、」マトリョーナ・フィリッポヴナは言った。

「きょうび女はじっくり考えるんだよ。」

「どうやらね！」と門番は口にして、引き上げた。「以前は、女はまったく考えることなんてなかったし、それで愚かなこともなしに生きていたもんだ、賢くね、」と彼はドアの向こうで言った。

二日後、グルニャーヒンは一時居住者として登録した、だがチェブルコワは彼に、恒久生活へと登録し直すように命じた。

「台所つきのいっしょの部屋のなかで、男が女と別々に暮らしてるなんて誰が信じるもんか！」苛立ちながら彼女が言い放った。「あたしはあんたにとって売女じゃない、あたしは女なんだ、――明日になったらあたしといっしょに結婚登録所にいくんだ、死にたいくらいだよ！　それが嫌なら、来たところにいっちまいな！」

すべてが形式通りにすみやかに進み、グルニャーヒンの人生は他人の部屋に従順に落ち着いた。彼は働き、マトリョーナ・フィリッポヴナは家事をおこない、さまざまな不満を表明し、まれに息子のことを思い出した、――それは何よりも、涙のあとでは心臓の快楽に等しい安堵が訪れたからであった。ほかの幸せを彼女は味わうことができなかったし、あるいはそうした機会に出会わなかった。ひそかに彼女自身にとっては息子の死が、彼女の生活における静かな幸せの理由へと徐々に変わっていった――短い涙のあとの、緩慢な、つぶさな追想のなかで。そして彼女はイワン・ステパノヴィチにも、彼女の悲痛な感情につきあうように呼びかけるのだった、その感情にはしかし、自分の悲嘆に暗く酔うことの、身を暖めてくれるぬくもりと、彼女の魂のすべての忍苦とがあった。そうしたときには彼女はいつも、性格がそう求めるよりは善良でおだやかになった。グルニャーヒンは、マトリョーナ・フィリッポヴナが自分の亡くなった子どもを思って突然に泣きだすときを好んでさえいた、――そうしたときにはイワン・ステパノヴィチにも、妻から何かの優しさ、ないしは特典が転がり込んでくるのであった。

ふだんチェブルコワは、夫が仕事以外どこに出ていくことも許さず、時計をにらんでは――時間通りに彼が帰宅するかどうかを追い、集会ということも彼女は信じず、二番目の夫もやっぱりろくでなしで彼女を裏切っているのだと、泣いて罵りはじめた。それでももし夫の帰りが遅れると、マトリョーナ・フィリッポヴナはドアを開け放つやいなや、手当たりしだいの物で彼を打ちはじめるのだった――古い長靴でも、服がかかったままのハンガーでも、かつていつだったかサモワール[*142]であったものの管でも、自分がいままで履いていた靴でも、その他の意外な物でも、――とにかく自分の苛立ちと不幸を取り除くことができるならば。その間イワン・ステパノヴィチはびっくりしてマトリョーナ・フィリッポヴナを見つめていたが、彼女は悲嘆に暮れて泣きじゃくっているのであった、――それは、彼女のある悲しみが別の悲しみに変わりはしたが、まったく消えうせたわけではなかったから。グルニャーヒンは、もう多くの人生を見てきたので、そうした扱いにもとくに苦しまなかった。

マトリョーナ・フィリッポヴナの二人目の息子は、母親と新しい父親との諍いを冷淡に眺めていたが、それは母がいつでも父に打ち勝ったからである。だが、イワン・ステパノヴィチが一度、妻の両手をつかんだとき、それは彼女が彼の喉を爪で引っ掻きはじめたからであったが、そのときは少年は警告を放った。

「同志グルニャーヒン、ママをぶつなよ！　もしぶったらあんたの腹を錐でぶっ刺すぞ、畜生め！……あんたの家じゃないんだ――いい気になるなよ！」

グルニャーヒンはすぐに我に返った。彼はただうっかり自制できなくなっただけで、それも強い痛みのためであった。彼の前には絶望の熱い汗にまみれ、疲れきって、おのれの心臓すべての熱意を込めてうろたえているマトリョーナ・フィリッポヴナがいた、――彼女は夫を堕落から守り、家庭への彼の忠誠心を保証しようとしていたのだ。イワン・ステパノヴィチは聞き、耐え、学んだ。

夜ごと彼は、妻の隣で、すべてはこうでなければならない、さもなくば彼の貪欲で軽はずみな心臓は、さまざまな女たちや友人たちへの不毛な執着や、地上で起こっているあらゆる贅沢のただなかに飛び込んでいこうという危険な気構えのなかで、あっというまに摩耗し、滅びてしまうだろうと考えた。

朝になってマトリョーナ・フィリッポヴナの二人目の息子が――やはりセミョーンといって、グルニャーヒンが前に名乗っていたのと同じであったが、――イワン・ステパノヴィチに言った。

「何であんたが俺の母親と寝てるんだ？　あんたたちを目にしてるのが俺には愉快だなん

て、あんたは思ってるのか？　愉快か、そうでないか？」

グルニャーヒンは問いにひるんだ。妻は不在であった、彼女はバザールに食べ物を求めて出ていったのである。休日がきていた、人々が家庭の感情や、共通の思索に生き、子どもたちを映画に連れていくときである。イワン・ステパノヴィチもセミョーンといっしょに映画館にいき、ソヴィエト・コメディを観た。セミョーンはずっと満足であった、もっとも映画のことは批判したが——彼にとってはあした問題は些細なことであり、彼自身のほうがずっと多くを経験していた。家ではマトリョーナ・フィリッポヴナが、過去の夫の写真を前に腰かけて、彼のことを想って泣いていたが、イワン・ステパノヴィチを見ると恥じ入ってやめた。大きな愛はグルニャーヒンには要らなかった、マトリョーナ・フィリッポヴナの遠慮を、彼は最高の優しさと自分への穏やかな信頼であると理解した。この女から受けている自分の苦しみのことは、彼は考慮に入れなかった、なぜならば人間はまだ、絶え間のない幸福という勇気を学びきってはいなかったからである——ただ学んでいるばかりだ。

夜になり、妻と息子が寝入ってから、イワン・ステパノヴィチはマトリョーナ・フィリッポヴナの顔を見下ろすように立って、彼女がまったく非力であり、その顔が物憂い疲れのなかで哀れに締めつけられてしまったのを眺めていたが、両眼は善き眼のごとく閉じられ、まるで彼女が意識なく横たわっているときには、その内に古代の天使が安らいでいるかのようであった。もし全人類が横たわって眠っていたならば、その顔からは本当の性格などうかがい知ることはできず、きっと思い違いをすることになるであろう。

訳註

1　十月革命――当時のロシアの暦で一九一七年十月二十五日、現在の暦で十一月七日にペトログラード（今日のサンクトペテルブルグ）で起こった事件で、ボリシェヴィキ（共産党）がソヴィエト政権を樹立した。

2　ロシアでは第一次世界大戦（一九一四―一八年）のさなかの一九一七年に二月革命（帝政が倒れ、自由主義者主導の臨時政府ができた）、ついで十月革命が起こり、それから内戦（一九一八―二一年）が始まった。共産党は厳格な統制経済（戦時共産主義）を敷くことで内戦に勝ち抜いたが、農民と労働者の抗議運動の激化を受けて、一九二一年春に新経済政策（ネップ）と呼ばれる市場経済容認路線に切り替えた。これをきっかけに都市生活の回復も始まった。したがって、ここで述べられている「すべての戦争が終わって交通機関が回復をはじめた年」とは一九二一年のことと考えられる。

3　父称――ロシア人の姓名は名前・父称・姓からなる。父称は父親の名前からつくられる。

4　赤軍――一九一八年に創設された、ソヴィエト政権の軍隊。

5　第二学級――一九一八年十月に義務・無償原理による学制が公布された。初等教育は五年間で八歳から十三歳まで、中等教育は四年間で十三歳から十七歳までである。学年の数え方は通しでおこなうので、最終学年は九年生となる。

6　A・V・コリツォフ――アレクセイ・ヴァシリエヴィチ・コリツォフ（一八〇九―四二年）は詩人で、プラトーノフと同じヴォロネジの出身である。

7 カツレツ――ロシアのカツレツ（コトレータ）にはいくつかの種類があるが、ここでいわれているのは挽肉をかためて両面を焼いたものであろう。

8 この作文は、アントン・チェーホフ「女学生ナージェニカの夏休みの宿題」（一八八〇年）を踏まえている。二〇一二年刊の英訳註釈（詳細は解説に記した）p. 234参照。

9 このあたりから物語は一九二〇年代末から三〇年代初頭にかけての、ヨシフ・スターリンによる「上からの革命」の時期に入っていく。第一次五か年計画（一九二八―三二年）が採用されて、各地に巨大な工場が建設されてゆく一方、農村では農民が強制的に集団農場に編入されて、多くの餓死者を出した。ネップのもとで格差の拡大や失業に苦しんでいた都市部の労働者は、この新しい動きを熱狂的に歓迎した。

10 モスクワ河――ヴォルガ河水系のオカ河の支流である。モスクワ州を流れ、モスクワ市内を東西に蛇行する。

11 モストロプ――モスクワ小売・公共外食国家トラストの略。公共外食とは国家が工場・学校などで運営する安価な食堂のことで、「上からの革命」にともなう食糧不足を背景にして広まった。

12 ミーニンの旅籠――モスクワのクレムリンに接するヴァシーリー広場にあった、家具付きの部屋。

13 ボシュコ――この人物は、アンドレイ・ガヴリロヴィチ・ボシュコ＝ボジンスキー（一八八四―一九四九年）をモデルにしている。古参革命家の彼は、内戦期にヴォロネジで水利部門の責任者を務め、のちにモスクワに移った。彼はプラトーノフと親交があった。

14 レーニン――ウラジーミル・イリイチ・レーニン（一八七〇―一九二四年）。本名ウリヤーノフ。十月革命の指導者。

15 スターリン――ヨシフ・ヴィサリオノヴィチ・スターリン（一八七八―一九五三年）。本名ジュガシヴィリ。一九二二年に共産党書記長となり、レフ・トロツキーとの権力闘争を経て、一九二七―二九年までにソ連の最高指導者の地位をかためた。

16 ザメンホフ——ルドヴィーコ・ラザーロ・ザメンホフ（一八五九—一九一七年）。ロシア帝国治下のポーランドに生まれる。一八八七年に国際語エスペラントを発表した。革命後のソ連では、「諸ソヴィエト共和国エスペランチスト同盟」が盛んに活動していた。だが、一九三〇年半ばから、スターリンのもとでソ連市民の外国との交流が厳しく管理されるようになると、エスペランチスト同盟の活動も制約されるようになり、一九三七年には大弾圧を受けた。

17 メガリス——正確にいえばメガリスとは、古代ギリシアにおいて、アッティカ西部に位置した都市国家ないし地域の名前であり、その都メガラがプラトーノフのいう「集落」に相当するだろう。

18 地上の六分の五——世界のソ連以外の部分を指す。ソ連は「世界の六分の一」であるとしばしばいわれた。たとえば、ジガ・ヴェルトフによるドキュメンタリー映画『世界の六分の一』（一九二六年）を参照せよ。

19 突撃労働者——作業ノルマの超過達成を実現する労働者・職員のこと。

20 オソアヴィアヒム——国防・航空化学建設支援協会の略称。国防能力の向上、航空やその他の軍事知識の普及を目的とする大衆団体で、一九二七年から四八年にかけて存在した。

21 モープル——国際革命闘士支援協会の略称。モップル、国際赤色救援会とも。資本主義諸国の政治囚支援などを目的とする大衆団体で、一九二二年から四七年にかけて存在した。

22 ソ連では一九三〇年にパラシュート降下演習が開始され、翌三一年には女性による降下演習も成功した。パラシュート降下は、第一次五か年計画に邁進するソ連の躍動感を伝える象徴となった。一九二八年にモスクワにつくられた「文化と休息の中央公園」（三二年からはゴーリキー名称）でも、パラシュート塔が人気のアトラクションであった。

23 「かっついてくる」と訳した言葉は、ヴニズィヴァーユシチーシャ（внизывающийся）で、プラトーノフの造語である。ここでは風が肌を刺す、貫くといった語感である。「突き刺される」を意味するナニズィヴァッツア（нанизываться）からの類推でこう訳した。

24 コムソモールカ——コムソモール（全連邦レーニン共産主義青年同盟）とは、青少年の政治教育のために一九一八年につくられた大衆団体で、十四歳から二十八歳未満の男女が広く参加した。その成員が、男性ならコムソモーリェツ、女性ならコムソモールカである。

25 スターリン時代のソ連では、個々人の住居は勤務先の官庁や企業ごとに割り当てられ、優れた成果をあげたものは、よりよい家屋を提供された。

26 文化と休息の公園——「ゴーリキー名称文化と休息の中央公園」を指すと考えられる（註22参照）。

27 エレツ——モスクワの南方、ヨーロッパ・ロシアの中央部にある小都市。

28 経済計算制——社会主義体制のもとで、個々の企業に資産・経営上の一定の自主性を認める制度。

29 地区軍事部——軍事官庁の末端組織で、徴兵登録などの管理にあたった。

30 「後備役」と訳した語はヴニェヴォイスコヴィク（вневойсковик）である。これは一九二〇年代後半に使われるようになった語で、正規軍以外の場で軍事教練を受けたものを指す。そうした場としては、コムソモールやオソアヴィアヒム、それに註32にある全市民軍事教練などが挙げられる。他方、ヴニェヴォイスコヴィクを字面通りにとれば、「軍隊の外にいるもの」と解すことができ、物語中でのニュアンスはこちらのほうが近い（英訳註釈 p. 238 参照）。第十二章においてこの人物は「ヒラの後備役」とされているので、「後備役」と訳すことにした。

31 白軍——内戦期にソヴィエト政権と戦った、旧軍将校やコサックを中心とする反革命軍の総称。

32 全市民軍事教練——各市民がソヴィエト国家の防衛にあたるべきという理念のもと、一九一八年四月に導入された制度で、主に労働者が一定期間軍事教練を受けた。一九二三年の赤軍改革（次註参照）に伴い廃止された。

33 地域部隊――一九二三年の赤軍改革によって、赤軍には通常の常備軍とは別に、地域民兵制に基づく地域部隊が導入された。居住地域単位で割り当てられた地域部隊において、住民は短期間、定期的に軍事教練を受ける。この制度は、内戦の終結に伴う常備軍縮小の必要性や、常備軍の将来の廃止というイデオロギー的な要請に対応したものであった。一九三〇年代後半、国際関係の緊張のもと、地域民兵制は廃止され、赤軍は常備軍に一本化された。

34 建物管理部――個々の集合住宅におかれた機関で、施設管理にくわえて、住民の諸種の登録を担当した。

35 バウマン地区――モスクワ北東部の地区で、首都の中心部からはやや外れている。中規模の軽工業が主に見られた。

36 ジャクト――賃貸住宅組合の略語であるが、そうした組合が借りている住宅も指す。この時期には、住民が協同組合を組織して、国家から共同住宅を借りる制度があった。一九三七年に廃止された。

37 領袖――ロシア語はヴォーシチ（вождь）。傑出した指導者を呼ぶ言葉で、ここではスターリンが念頭におかれているといってよい。

38 この傍線（原文では下線）はプラトーノフ自身のもの。以下同じ。

39 ソ連では一九三〇年二月十三日に出された「年金・社会保障手当規程」によって、年金制度が体系化された。本文にある「第三種」は不詳。

40 オソドミル――帝政が倒れた一九一七年の二月革命で、それまであった警察は崩壊し、市民からなる民警に取って代わられた。十月革命後は市民組織としての性格を喪失し、通常の警察として再整備されたが、名称は民警のまま残った。オソドミルは民警・刑事部機構支援協会の略称であり、秩序紊乱の取り締まりに勤労住民を参加させる目的で一九三〇年五月に組織された。一九三二年に民警支援班（ブリガドミル）に改組された。

41 特殊目的医療実験研究所――一九三二年十月十五日付ソ連人民委員会議法令によって開設が決められた「全連邦実験医療研究所」が意識されている。

42 本書の底本である、校訂の付された一九九九年刊の『哲学者の国』版（詳細は解説を参照）のこの箇所には、「外傷部」（第一バリアント）と「電気治療部」（第二バリアント）があり、プラトーノフはどちらにするか決めていない。以下、プラトーノフが判断を下していない同様の箇所に関して、訳註において第一バリアント、第二バリアントの順で記す。訳文ではそのつど文脈に応じていずれかのバリアントを反映させた。

43 「子どもの躰がよりいっそう熱をもっていること」と「子どもの熱い躰」の二つのバリアントがある。

44 「心臓の惰性は常に偉大だ――もち直す」と「これはだって幼な子の心臓だ――それは乗り越えるよ」の二つのバリアントがある。

45 「恥知らず」の古い言い方である「ハムレット」（хамлет）と、シェイクスピアの戯曲の主人公とをかけている。

46 ブテルブロード――サラミ、チーズ、イクラなどが乗った、ロシア風のオープンサンドイッチ。

47 「おのれの美しさ」と「緩慢な死」の二つのバリアントがある。

48 「三、四」と「十」の二つのバリアントがある。

49 コルホーズ――直訳すれば「集団経営」となり、スターリンの農業集団化政策によってつくられた集団農場のことである。類似の制度に「ソヴィエト経営」を意味するソフホーズがある。コルホーズが協同組合であるのに対して、ソフホーズは国営であり、後者のほうが一般的に規模が大きい。一九二〇年代末から三〇年代初頭に農業集団化が強行された際には多くの農民が抵抗したが、政権は軍事力を行使して抑え込んだ。集団化に反対した多くの農民が「富農（クラーク）」のレッテルを貼られ、遠隔地に追放された。この過程で農村では多くの死者が出た。集団農場では耕作や畜産の共同化が強制的に実施され、生産量は低下した。それにもかかわらず収穫物は国家に低価格で強制的に引き渡されたため、一九三〇年代前半のソ連農村では飢餓が発生し、数百万人が死んだ。穀倉地帯であったウクライナ、ヴォルガ河流域、カザフスタンで、飢餓はとくに深刻なものとなった。

50 ジュイボロダという姓は、「噛む」と「あごひげ」という言葉からなる。サルトリウスという姓については註56で後述する。

51 「労働によって」「おのれの労働において」「労働を介して」の三つのバリアントがある。

52 「知っていた」「驚いていた」の二つのバリアントがある。

53 ヤズィコフ――ニコライ・ミハイロヴィチ・ヤズィコフ（一八〇三―四六年）は高名な抒情詩人で、ここに引かれているのは一八二九年の作「航海者」である（一語のみ元の詩と異なる）。

54 この「彼」は、サルトリウスと考えられる（英訳はそうしている）。この段落と、一つ置いた次の段落で、『哲学者の国』版テキストでは、プラトーノフはサルトリウスと書いたのちにサンビキンとも記している。本作が最初に発表された、一九九一年九月刊行の『ノーヴィ・ミール』版（詳細は解説を参照）にしたがい、サルトリウスで統一する。

55 トラスト――同一業種の諸企業を統合する組織。計画経済体制において、各部門を管理する中央省庁（たとえば重工業人民委員部）と、末端企業とを結びつける役割を果たした。

56 ボシュコのモデルであるボシュコ＝ボジンスキーは一九三二年春に、モスクワにある計量器・測定器製造修理トラストの長に任命された。彼の斡旋により、プラトーノフも間もなくこのトラストに勤務し、三六年二月までいた。ここでサルトリウスという姓について触れると、これはドイツの機械技師フローレンツ・ザルトリウス（Florenz Sartorius 一八四六―一九二五年）を念頭においている。ザルトリウスは計量器の開発で大きな功績をあげた（英訳註釈 p. 240 参照）。

57 労働日――集団農場員の労働成果を測る単位である。

58

富農――革命前また革命後のロシアにおける富裕な農民を指す。ソヴィエト政権の基準では、雇用労働を用いたり、金融に従事したりすることなどが、富農の指標とされた。富農は反革命分子であり、共同体内の他の農民に対して経済力を通じて影響を及ぼしていると、政権はみなした。他方で富農は、経営改善に努める篤農でもあった。一九二九年、スターリンは「階級としての富農の絶滅」を農業集団化のスローガンに掲げたが、実際には富裕農だけではなく、集団化に抵抗するものは誰でもこの名で呼ばれて弾圧された。富農とされたものの多くは逮捕されて財産を没収され、遠隔地に追放された。だが、コルホーズに潜り込んだものもいると政権は警戒していた。農業集団化が進捗したのち、一九三四年に政権は追放された富農への抑圧を緩和し、市民権の回復などの措置がとられた。

59

フートル――ロシアの伝統的な農村は、村落共同体を基本単位とした。個々の農戸の家屋は集落に固まって立ち並び、共同体全体が耕作地を所有した。耕作地はいくつもの細い区画である地条に分けられ、複数の地条が個々の農戸に割り当てられた。数年に一度、家族数の変化などを考慮して、地条の割当ては見直された。この「土地割り替え」制度、また全般的に村落共同体制度のもとでは、個々の農戸が自身の耕地を施肥などによって改良し、生産性の向上を目指す動きは抑止されると考えられた。くわえて村落共同体は一九〇五年から〇七年の第一次革命に際しては、地主（多くが貴族で、大土地を所有した。農民の生活のためには村落共同体の土地だけでは不十分であり、地主からも土地を借りていた）に対する農民の攻撃活動の拠点となった。そのため、第一次革命を治安機関によって抑え込んだ後、ストルイピン首相（在任一九〇六―一一）は村落共同体を解体するための農地改革に着手した。そこでは個々の農戸に対して、村落共同体から分離することが奨励された。その際、自身の地条を一箇所にまとめただけの形態はオートルプと呼ばれ、さらに家屋も集落から移動させた形態はフートルと呼ばれた。才腕のある農民がオートルプやフートルに分離する道を選ぶ一方、村落共同体の伝統的紐帯もすぐに弱まったわけではなかった。一九一七年に革命が起こると、村落共同体は力を盛り返し、地主地を奪取するとともに、オートルプ農民やフートル農民を強制的に共同体に復帰させる事例が広く見られた。一九二〇年代にもオートルプやフートルへの分離は続いたが、最終的に農業集団化によってこれらの形態は清算された。

60 「暖められている」「受難によって暖められた」など、いくつかのバリアントがある。

61 エセセール――ソヴィエト社会主義共和国連邦を不正確につづめた言い方である。

62 旧百貨店ビル――スタロ＝ゴスチヌイ・ドヴォール（「古い百貨店」）という名称の建物で、モスクワの商業地区であるキタイ＝ゴロドにある。

63 メンデレーエフ――ドミトリー・イワノヴィチ・メンデレーエフ（一八三四―一九〇七年）はロシアの化学者で、元素の周期律の発見で知られる。ボシュコが「ディミトリー」と言っているのは教会スラヴ語での呼び方である。

64 塩一揆――アレクセイ・ミハイロヴィチ帝の治世である一六四八年に、塩税の導入、ならびに塩の値上げに抗議して、モスクワ市民が起こした大規模な反乱のことである。

65 ツェントネル――重さの単位で、一ツェントネルが百キログラムに相当する。

66 脊髄はロシア語では「背中の脳」と表現する。

67 この文は最後まで書かれていない。

68 「思われていた」と「主張されていた」の二つのバリアントがある。

69 「刺激」と「印象」の二つのバリアントがある。

70 「働き」と「かすかに動き」の二つのバリアントがある。

71 毎晩二十四時にクレムリンのスパスカヤ塔の鐘が真夜中を告げる時報を鳴らし、ついで「インターナショナル」を演奏した。これはラジオで放送された。国際労働歌「インターナショナル」は、革命後の一九一八年から四三年末まで国歌であった。

72 「七人が、そして僕も彼らとともに」と「僕たちはここで三人で」の二つのバリアントがある。
73 ピローグ――ロシア式のパイで、詰め物は肉、きのこ、りんごなどさまざまである。
74 一九三〇年代のソ連では北極圏の開発が熱心に進められた。一九三二年には砕氷船シビリャコフ号が、一回の航行による北極海航路の通行に成功している。
75 「隠された困難な憂愁」と「遠心力」の二つのバリアントがある。
76 カランチョフスカヤ広場にはレニングラード駅、カザン駅、ヤロスラヴリ駅という大きな三つの鉄道駅が集まっている。一九三二年にコムソモーリスカヤ広場に改称した（ただし一般的にいって、公式な改称があったからといって、日常的な会話などの中で旧称がすぐに使われなくなるわけではない）。翌年にはモスクワ改造計画の一環として、同広場での地下鉄工事が始まった。
77 貧農――村落共同体における貧困層であり、馬をもたない。
78 「意識」と「理性」の二つのバリアントがある。
79 序数詞の表記には数字と文字の二つのバリアントがある。
80 モスクワ国立発電所公社――一八九七年につくられた発電所で、首都中心部の、モスクワ河の河岸沿いに位置する。一九二〇年代に構成主義様式による建物が増築された。
81 「人間は生活そのもののなかで作り変えられる。だが、あなたたちもその魂の改造を助けよ（…）あなたたちは人間の魂の技師なのだ」という、スターリンが一九三二年十月二十六日に作家たちにおこなった演説を踏まえている。この演説については、沼野充義「オレーシャとスターリン『人間の魂の技師』の起源をめぐって（A Retrospect）」、『SLAVISTIKA』第三十五号、二〇二〇年八月、を参照せよ。
82 「よそものの魂」と「わななき」の二つのバリアントがある。
83 フェドセエンコ――パーヴェル・フョードロヴィチ・フェドセエンコ（一八九八―一九三四年）は赤

軍の航空士。一九三四年一月、成層圏気球「オソアヴィアヒム号」による飛行に挑んだ。これは成層圏気球による初の冬季飛行であり、世界新記録が出れば成層圏開発におけるソ連の地歩を固めるものと期待された。この飛行は、同時期に開催された第十七回共産党大会に捧げられた。「オソアヴィアヒム号」は高度二十二キロに達し、世界記録を更新したが、気球の結氷によってフェドセエンコほか乗組員は全員墜落死した。フェドセエンコたちの葬儀は赤の広場でおこなわれ、骨壺はクレムリンの壁に納められた。

84 中華ソヴィエト共和国――中国南部の瑞金を拠点として、中国共産党によって樹立された地方政権。一九三四年の長征開始によって、事実上消滅した。

85 マルムグレン――フィン・マルムグレン（一八九五―一九二八年）はスウェーデンの気象学者で、北極探検のさなかに遭難死を遂げた。彼の同行者はソ連砕氷船の飛行機によって発見され、救助された。

86 重工業人民委員代理――一九三二年から三四年まで重工業人民委員代理を務めていたゲオルギー・レオニードヴィチ・ピャタコフ（一八九〇―一九三七年）が念頭にあると推察される。ピャタコフは元トロツキー派であるが、同派が党内闘争で敗れたのちの一九二八年に改悛し、スターリンによる工業化を支える有力な行政官となった。しかし、大テロルの渦中で再度失脚し、三七年に銃殺された。重工業人民委員部は、従来の最高国民経済会議にかえて一九三二年一月に設置された中央省庁で、機械・航空・国防・化学などの諸部門にわたって重工業全般を管轄した、スターリンの工業化を象徴する組織である。

87 「共産主義」と「未来」の二つのバリアントがある。

88 「ずっと前に」は類義語で二つのバリアントがある。

89 「燃焼」と「爆発」の二つのバリアントがある。

90 社会主義財産――この語は、国有財産の窃盗に対する厳罰化を定めた、一九三二年八月七日付ソ連中央執行委員会・ソ連人民委員会議決定を彷彿とさせる。この決定によってコルホーズの収穫物も国有財産とされ、わずかでもそれに手をつけたものに対しては、銃殺を含む厳刑が適用された。

91 「化学成分」と「成分」の二つのバリアントがある。

92 「はちきれそうな」と「みずみずしい」の二つのバリアントがある。

93 「小さいと」と「いよいよ小さくなっていくのを」の二つのバリアントがある。

94 「あの恐ろしい場所」と「恐ろしい、見捨てられた場所」の二つのバリアントがある。

95 「蒼ざめ」と「黄色くなり」の二つのバリアントがある。

96 「太陽」と「暖かさ」の二つのバリアントがある。

97 三人組——企業管理のための組織で、共産党、労働組合、企業管理部の各代表からなった。

98 休息の家——保養施設のこと。

99 トゥアプセ——黒海北岸の保養地である。

100 「無分別な」と「高潔な」の二つのバリアントがある。

101 一プードは一六・三八キログラムに相当する。

102 一ヴェルスタは一〇六六・八メートルに相当する。

103 「一人ひとりが」と「あらゆる世代の住民が」の二つのバリアントがある。

104 アレクセイ・ヴァルラーモフが二〇一一年に刊行したプラトーノフ伝（解説参照）の pp. 54, 193 によれば、プラトーノフは妻マリヤのことをムーシャと呼んでいた。少しあとに出てくるムーシという呼び方は、ムーシャを崩したもの。

105 ボリシェヴィキ——共産党員のこと。なお、党名は一九一八年に「ロシア社会民主労働党（ボリシェヴィキ）」から「ロシア共産党（ボリシェヴィキ）」に変わり、一九二五年に「全連邦共産党（ボリシェヴィキ）」となった。

106 「一匹狼の」と「謎めいた」の二つのバリアントがある。
107 一九二七年から五七年にかけて、ソ連ではくじ付きの国債が売られていた。
108 この箇所は文章の接続の仕方に二つのバリアントがある。
109 スターリンはしばしばチンギス・ハンにたとえられた。
110 「あんたみたいな」と「俺みたいな」の二つのバリアントがある。
111 「指摘した」と「口にした」の二つのバリアントがある。
112 『イズヴェスチヤ』――ソ連政府が刊行していた日刊紙。一九二七年は革命十周年であるとともに、まだ第一次五か年計画が始まる前の、古い時代であるともいえる。
113 「ふたたび成就したサルトリウスの愛」と「部屋の出来事一部始終」の二つのバリアントがある。
114 「棺桶よりもずっと前に滅んでいるのだ」と「ただ眼を見開いて、愚かさから茫然自失することしかできない」の二つのバリアントがある。
115 「変容」と「崩壊」の二つのバリアントがある。
116 「意向」と「感覚」の二つのバリアントがある。
117 ドミニコフスキー横丁――架空の地名のようである。スペインの修道士、聖ドミニコ（一一七〇―一二二一年）を念頭においたものか。ヤコブス・デ・ウォラギネ『黄金伝説』にいわく、聖ドミニコの母親は、彼を「身ごもったとき、口に燃える松明をくわえた一匹の子犬が体内をかけめぐる夢をみた。子犬は、やがて母のからだから出ていくと、その松明で全世界に火を点じた」（ヤコブス・デ・ウォラギネ（前田敬作・西井武訳）『黄金伝説』第三巻、人文書院、一九八六年、九七頁）。
118 この身分証明書は、国内旅券を兼ねており、住民の移動を統制するために一九三二年末に導入された。公式には身分証明書を得ることができたのは都市住民だけであり、コルホーズ農民には発給されず、移動の自由も与えられなかった。

119 「単に、なんてことないです」と「何でどうしてなんです？――必要でしょう」の二つのバリアントがある。

120 「いつもの」「個々の」「いかなる」の三つのバリアントがある。

121 ルナチャルスキー――アナトーリー・ヴァシリエヴィチ・ルナチャルスキー（一八七五―一九三三年）は、十月革命から一九二九年まで、革命ロシアの教育人民委員（文部大臣）を務めた。

122 「魂」と「知性」の二つのバリアントがある。

123 クレストフスキー市場――モスクワ北部にある市場。現在の名称はリシスキー市場。市場の名前は、その近くに十字架（クレスト）が立っていたことによる。十字架の縁起は以下の通りである。イワン雷帝に処刑された聖フィリップ（一五〇七―六九年）の聖骸が、アレクセイ・ミハイロヴィチ帝の治世になってモスクワに移されることになった。一六五二年、当時のモスクワ近郊で帝が聖骸を出迎えると奇蹟が起こった。精神を病み、口のきけなかった女が言葉を発し、健康になったのである。これを記念してその場所に十字架がたてられ、一九二九年まであった。

市場全般について記すと、「上からの革命」により商業はすべて国営化された。これは農業集団化および急激な工業建設とともに、全国に深刻な物資・食糧不足を引き起こした。国営商店網および配給制度（一九二九年から三五年に導入）だけでは事態に対処できなかったため、政権は闇経済・闇市場を黙認した。作中のクレストフスキー市場もそうした闇市場と考えるべきであろう。くわえて、一九三二年にはコルホーズ農民が生産物の一部を持ち寄る「コルホーズ市場」が公認された。

124 「周囲」と「子午線」の二つのバリアントがある。

125 「風景」と「自然」の二つのバリアントがある。

126 ザライスク――モスクワから南東に位置する古い町で、商業が栄えた。

127 第二ギルド――革命前の身分制における商人身分の下位区分であり、中級の商人に相当する。

128 クセーニャという名は、古代ギリシア語に起源をもち、「もてなし好き」「よその人」といった意味をもつ。父称には「ヴラシエヴナ」と「インノケンチエヴナ」の二つのバリアントがあり、いずれも古風な響きである。スミルノワという姓は、「従順な」という形容詞スミルヌイからきている。

129 ブリヌイ――小麦などを生地として焼いた、薄いクレープ。

130 この箇所は第二バリアントを訳出した。「(……扱っていたが、) この公衆はのどを通るいっさいの身のまわりのものを食べることができ、死ぬまで食べるということはまったくできない」が第一バリアントである。

131 「ほとんどいなかった」と「取って代わられていた」との二つのバリアントがある。

132 英訳註釈 p. 250 によれば、この一文はスターリンの第十七回党大会に対する中央委員会報告（一九三四年一月二十六日）を踏まえているのだという。その中でスターリンは、労働者の「貧窮街区（トルショブイ）」はソ連では消滅し、あらたに建設された労働者の輝かしい街区に「取って代わられた」と発言した。プラトーノフはこのくだりを意識して、「そこでは勤労者はもう取って代わられていたものの、のらくらもの（トルシチエシャ）はいた」と書いたのだという。

133 ドンバス――ウクライナ東部の地域名で、ドネツ炭田を意味する。ソ連を代表する工業地帯であった。

134 「だがときおり満腹して」と「そのかわりに腹だけはよく一杯にして」の二つのバリアントがある。

135 一九二九年から三五年までソ連では配給制がとられた。第一カテゴリーは肉体労働者、第二カテゴリーは事務職員、第三カテゴリーは失業者などで、この順に配給量は減った。

136 ノーヴィ・オスコル――ロシア南部にある町。

137 「永遠に」と「決して」の二つのバリアント、また、「要らない」と「必要ではない」の二つのバリアントがある。

138 ソコーリニキ――モスクワ東部の地区で、註35のバウマン地区と同様、中心部からは少し離れている。

二つの地区のあいだに註76のカランチョフスカヤ広場がある。

139 ディナモ・スポーツ協会——一九二三年にモスクワで創設された。当初は治安機構職員のための団体であったが、一九二〇年代末までに大衆団体となり、三〇年代に盛んに組織されたスポーツ行進の重要な担い手となった。

140 この箇所は『哲学者の国』版ではセミョーン・イワノヴィチとなっており、これ以降もグルニャーヒンの名・父称には揺れがある。本訳では『ノーヴィ・ミール』版にならってイワン・ステパノヴィチで統一する。

141 『脂肪の塊』——モーパッサンの小説に基づくミハイル・ロンム監督作のソ連映画で、一九三四年に公開された。

142 サモワール——ロシアの伝統的な卓上湯沸かし器で、中心に火を入れる管が通っている。

名無しの少女の転生──『幸福なモスクワ』訳者解説

はじめに

アンドレイ・プラトーノフ（一八九九─一九五一年）は、二十世紀ロシアに生きた、最も特異な才能をもつ作家の一人である。生前はスターリン政権による再三の批判に苦しみ、多くの作品が未公刊のままに残された。一九五〇年代半ばの「雪どけ」以降に国内外で著作の刊行が進んだが、創作活動の全容が見えてきたのはソ連末期になってからのことである。

日本では、一九六〇年代からプラトーノフの紹介・翻訳を行なってきた原卓也の手になる『プラトーノフ作品集』（岩波文庫、一九九二年）が最初の単行本であり、亀山郁夫の訳になる『土台穴』（国書刊行会、一九九七年）が続いた。彦坂諦訳「朝霧のなかの青春」（『ソヴェート文学』第五号、一九六五年）、島田陽訳「美しい、狂暴な世界のなかで」（『ソヴェート文学』第十七号、一九六八年）および「砂の女教師」（『ソヴェート文学』第八十九号、一九八四年）、江川卓訳「秘められた人間」（『新集 世界の文学45』中央公論社、一九七一年）、染谷茂訳「雀の旅」（『ユリイカ』第六巻第十四号、一九七四年）、安岡治子訳「疑惑を抱いたマカール」（『集英社ギャラリー 世界の文学15』集英社、一九九〇年）もそれぞれ大事である。二〇一二年には児島宏子訳で『うさぎの恩返し』（未知谷）が出た。

近年では二〇一八年に工藤順の編訳で『不死――プラトーノフ初期作品集』（未知谷）が、二〇二〇年には古川哲の訳で「名前のない花」（奥彩子他編『世界の文学、文学の世界』松籟社）が刊行された。さらに、二〇二二年、工藤順と石井優貴の手で『チェヴェングール』（作品社）の翻訳が成った。より完全な翻訳リスト（同人誌は除く）は、工藤により『不死』巻末「参考文献」に挙げられている。

プラトーノフの生涯をめぐっては、ソ連時代には空白が多かったが、ソ連末期からアーカイヴでの調査が進むにつれて、空白が徐々に埋まっていった。ナターリヤ・コルニエンコをはじめとする専門家の研究成果に基づいて、二〇一一年には「偉人伝」シリーズの一冊として、アレクセイ・ヴァルラーモフ著『アンドレイ・プラトーノフ』が刊行された。*1 五百三十頁のこの伝記は、プラトーノフの生涯、および作品について一瞥する上で有益である。次節ではこの著作とその他の文献を参照しつつ、プラトーノフの人生を振り返りたい。

一　プラトーノフの生涯

家庭環境

プラトーノフの本名はアンドレイ・プラトノヴィチ・クリメントフという。出生日は長らく一八九九年八月二十日（新暦九月一日）とされてきたが、八月十六日（新暦二十八日）が正しい。

ヨーロッパ・ロシア南西部に位置するヴォロネジ市郊外のヤムスカヤ・スロヴォダで生まれた。ヴォロネジ市を県庁所在地とするヴォロネジ県は、革命後に「中央黒土地帯」の中核となったことからも分かるように、肥沃な土壌が広がる農業地域であった。プラトーノフの父親の名はプラトン（一八七〇—一九五二年）といい、ヴォロネジに近いザドンスクの出身で、プラトーノフが生まれたときは鉄道作業所の組立工であった。父親の身分は町人（メシチャーニン）で、都市の雑多な勤労階層がこれに相当する。なお、父親の父、つまりプラトーノフの祖父は土工で、鉱坑の事故で命を落とした。*2 これはモスクワ・チェスノワの地下鉄作業現場での事故をどこか彷彿とさせる。

プラトーノフの父は長年にわたり鉄道の作業現場で働き、クランク据付け装置をはじめ、色々な発明・技術改良を行なった。プラトーノフは父親を深く愛し、その形象をいくつもの作品に登場させた。ヴァルラーモフによれば彼の筆名も、正確にいえば筆名ではなく、姓のかわりに父親の名前を使うという農民の伝統にしたがって、「プラトンの息子アンドレイ」、すなわちアンドレイ・プラトーノフと名乗ったのである。

母親の名はマリヤで、旧姓はロボチヒナ（一八七五—一九二九年）といった。元農奴の家庭の出身で、一八六一年の農奴解放後はやはり町人身分となった。彼女の父親は時計修理士・金細工師であった。プラトーノフの両親がいつ出会ったのかは分かっていない。多くの子どもを育て（いっとき家族は十人いた）、マリヤの生活はせわしく苦しいものであったと考えられる。母は一度も劇場に行ったことがないし、列車に乗ったこともなかったと、プラトーノフは回想している。

家庭は必ずしも貧しいものではなかったとされる。父親プラトンが熟練労働者であったため、労働者の平均以上の賃金を受け取っていたであろうからである。五人の子どもが早世せずに成長した。長男であるプラトーノフの下に、ピョートル、セルゲイ、セミョーンという三人の弟がいて、さらに一番下に妹のヴェーラがいた。ピョートルは水文地質学者、セルゲイは軍人、セミョーンは船舶機関士、ヴェーラは口腔科医として大成した。[*3]

作家の自己形成

プラトーノフは教区学校ののち、四年制男子実業学校に進み、一九一四年六月に卒業した。この夏に第一次世界大戦が始まる。秋に保険会社の事務職員となったがすぐにやめ、一五年一月に母方のおじが勤めていた南東鉄道会社に入社した。勤務姿勢は良好であったが、一六年七月には砲弾用の信管製作工場の鋳造工となっている。この転職は徴兵を逃れるためと推察される。一九一七年の革命後、彼は南東鉄道会社に戻り、旅客切符販売の仕事にあたった。他方、ソヴィエト権力の成立は、プラトーノフの進路にあらたな選択肢を与えた。一八年春には内戦が始まるが、九月、在職のままでヴォロネジ国立大学の物理数学部に入り、すぐに歴史人文学部に移った。だが一九年五月に退学し、翌月にはヴォロネジに新設された労働者鉄道高等専門学校に入学した。この年は内戦が最も激化し、ヴォロネジも前線となる。八月にはプラトーノフは、機関士を補佐するために蒸気機関車に乗り込むこととなった。九月には鉄道員部隊の射撃兵となり、翌月にかけてアンドレイ・シクロー将軍率いるコサック騎兵軍団との戦闘に参加している。

プラトーノフが詩作を始めたのは十歳から十二歳のときであった。最初に作品が活字になったのは一九一八年六月とされてきたが、より早い時期に遡る可能性もある。いずれにせよプラトーノフは革命と内戦のなかで、労働者作家として形成された。当初はヴォロネジの雑誌、また鉄道員向けの雑誌に、短篇や評論が掲載された。鉄道員雑誌の編集部では書記補佐を務め、宣伝啓蒙活動のために農村部にも派遣された。彼は評論では教会を攻撃したが、内心ではキリストへの信仰を保ち続けた。[*4]

一九一九年末からプラトーノフは新聞『ヴォロネジのコミューン』に作品を発表しはじめる。編集長ゲオルギー・リトヴィン＝モロトフはプラトーノフの才能を高く評価した。彼の後押しを得て、プラトーノフは一九二〇年四月に共産主義ジャーナリスト同盟に加入し、七月には彼を囲む最初の創作の夕べも開かれた。同月末にはリトヴィン＝モロトフの推薦でロシア共産党の「党員候補」となった（党員候補とは正式の党員になる前の、見習い段階に当たる）。十月にはモスクワで開かれた第一回全ロシア・プロレタリア作家同盟大会に、ヴォロネジ代表として参加したが、これは彼がモスクワに出張した最初の機会となった。第一回作家同盟大会が開かれたのは、第八回全ロシア・ソヴィエト大会で全国の電化計画が提起された時期と重なった。プラトーノフはこの計画について、一九二一年初頭に冊子『電化』を刊行し、これが彼の最初の本となった[*5]。

同じ頃にプラトーノフは、マリヤ・アレクサンドロヴナ・カシンツェヴァ（一九〇三―八三年）と出会った。マリヤはペテルブルグの生まれで、ブルジョアの家庭に育った。一九一八年に飢えから逃れるため両親がヴォロネジに移り、翌年彼女も続いた。彼女はヴォロネジで大学に入り、その図書館でプラトーノフと二一年春に出会った。じきに二人は恋仲になり、事実上の夫婦生活がはじまった（公式の結婚登録は一九三四年）。二二年九月には息子プラトンが生まれた[*6]。

技術者として、作家として

内戦の数年は、革命的理想に満ちた時代であるとともに、社会秩序が解体した時代でもあった。プラトーノフもその混乱の渦に巻き込まれた。一九二一年夏、ピオネールのキャンプで毒キノコによって子ども二十人と教師一人が命を落とす事件があり、プラトーノフの弟ミハイルと妹ナジェージダも犠牲となった。この悲劇はプラトーノフの心に深い傷を残した。さらに、二一年は凶作の年であり、沿ヴォルガ地方一帯が飢餓に襲われた。この衝撃によってプラトーノフは、創作から離れて堤防建設に集中した。同時に、プラトーノフは共産党のあり方にも疑問を覚えるようになった。夏に書かれ、未掲載に終わった論文「全ロシア旧式四輪馬車」で彼は、「全権力を労働者大衆に——代表なしで、機構や機関なしで」「大衆が支配するのは、彼らがいっしょのとき、彼らが代表をもたぬとき、彼らが自分自身を代表し、誰も、最良の人々のうちの第一人者をさえも信任しないとき」と書いた。党内の当時の分派で、労働者民主主義を求める「労働者反対派」に彼の心情は近かったといえる。[*7]

この頃、彼は県ソヴィエト＝党学校の生徒になっていたが、その教育内容が無意味なものであったことも、彼の態度に影響した。十月末に同学校生徒の党員資格審査が行なわれた際、党細胞はプラトーノフについて、「自分は何でも知っている」と言って党会議に出ることを拒否していると否定的な評価を下した。「ぐらつきやすい、不安定な分子」「無規律」という理由で、彼は党員候補から除名された。ただし一九二一年は、新経済政策の導入にともない、党員の資格審査・除名が大規模に行なわれた年であるので（党員の二十四パーセントにあたる十六万人が除名された）、プラトーノフの除名は突出した事例ではない。実際その後も彼の文学者および技師としてのキャリアは順調に続いた。一九二一年二月には県農地局の仕事に入り、翌月には県土地部の農地改良課の政治指導者となった。七月にはクラスノダールに移っていたリトヴィン＝モロトフの支援を得て、プラトーノフの詩集『空色の深み』が同地で刊行された。[*8]

一九二二年からの数年、プラトーノフは革命的熱情をもって、ヴォロネジ県での土地改良や水利開発に打ち込んだ。「農業復興発展および対旱魃闘争のための県非常委員会」、略称ゼムチェカーの組織化を彼は主唱した。反革命取り締まり機関チェカーを髣髴とさせるこの機関（「ゼム」は「土地・農業」の意味）は、農学校生徒・コムソモール・党、馬匹・輸送手段、緊急の場合は全民間人を動員し、農具の徴集を行なう全権をもつ。これがプラトーノフが県経済会議議長アンドレイ・ボシュコ＝ボジンスキーに提起した構想であった。ゼムチェカーの敵は自然である。「ゼムチェカーは自然に対して白衛軍に対するように向き合わねばならない」と、彼は一九二一年一月発表の論文「ゼムチェカー」で訴えた。だが、ゼムチェカーはつくられたものの、資金不足や、「誰も素通りできない官僚主義の輪」によって骨抜きにされた。このときの経験は「疑惑を抱いたマカール」（一九二九年）などの作品に反映されている。*9

実務への意欲の現われであろうか、彼は一九二四年二月には再入党の申請を行なっている（ただし、うまくいかなかった）。旱魃対策で成果をあげ、二四年八月にはモスクワからの査察官も、「土地改良部長プラトーノフの目覚ましい組織活動」を評価した。他方、リトヴィン＝モロトフには、文学活動に力を注ぎたいのでヴォロネジから移りたいという気持ちも漏らしている。*10

一九二六年から、彼の生活には波乱が生じはじめた。二月にはモスクワで開かれた第一回全ロシア土地改良会議に出席し、その場で土地・林業活動家労組中央委員会のメンバーに選出された。労組中央委では土地部責任書記代理という高い地位に選ばれた。三月、再入党申請がヴォロネジの党組織により拒否された。「〔労働者ではなく〕インテリであり、政治的に十分な準備ができていない」というのがその理由であった。六月初頭までに彼はモスクワに移り、労組中央委の活動に熱心に取り組んだ。だが、早くも七月半ばにはそこでの仕事を解任されてしまう。ようやく秋に農業人民委員部に移り、同年末に農業地帯のタンボフ県に派遣された。*11

タンボフ県にいたのはわずか三か月であったが、「エーテル軌道」「エピファニの水門」「グラドフ市」を執筆し、創作上は豊かな時期となった。二七年三月にはツェントロソユーズ（消費協同組合の中央組織）の職を得て、モスクワに戻った。七月にはリトヴィン＝モロトフが編集長を務める「若き親衛隊」社から『エピファニの水門』が刊行された。ところが、夏にはツェントロソユーズの人員削減の対象となり、プラトーノフ一家は住居からの立ち退きを余儀なくされた（この問題の始まりは、労組中央委を解任された前年七月に遡る）。これによりプラトーノフは作家の道に専心することとなった。二八年には「若き親衛隊」社から『草場の職工』『秘められた人間』が刊行され、前年夏に着手した『チェヴェングール』も書き終えた。年末にはボリス・ピリニャークとの共作「中央黒土地帯」が活字になった。*12

一九二〇年代のソヴィエト文壇は諸団体が活発に競合したが、プラトーノフはそれらから距離をおいていたように見える。江川卓はこうしたプラトーノフの姿勢について、同時期にミハイル・ショーロホフがモスクワを離れて故郷のドン河畔に引き上げたことと符合すると記している。後述するようにショーロホフがプラトーノフにしばしば厚意を示したことを考えれば、これは鋭い指摘である。*13

最初の批判

一九二九年、プラトーノフの人生は危機を迎えた。この年、彼は母親を亡くし（日付は不明）、人目をはばからずに棺の前で号泣した。九月、行政機構の事務遅滞を取り上げた「疑惑を抱いたマカール」が『十月』誌に発表された。掲載を認めたのは、プロレタリア文学の旗手として政権から高く評価されており、当時編集長臨時代行を務めていたアレクサンドル・ファジェーエフである。月末、『夕刊モスクワ』紙にプラトーノフに対する最初の批判記事が出たが、これはむしろ「中央黒土地帯」で合作したピリニャークを対象としていた。十一月、当時勢力のあったプロレタリア作家系団体ラップ（ロシア・プロレタリア作家協会）の党員会議でウラジーミル・キルショーンが、スターリンとの会話（ファジェーエフも同席したようである）について報告した。その内容は「疑惑を抱いたマカール」批判であった。これを受けてラップ指導者レオポリド・アヴェルバフが、『十月』『文学哨所』誌上でプラトーノフ攻撃を開始した。[*14]

恐ろしい事態はこれだけではなかった。プラトーノフがヴォロネジ県で手がけた土地改良事業が破綻しはじめたのである。堤防が決壊し、灌漑地がふたたび沼地になり、井戸と沼沢が干上がった。これはプラトーノフ個人のせいではなく、社会主義体制のもとで事業が拙速に進められたことが根本的な理由であり、同様のことは各地で起こっていた。だが、技師が根拠なく破壊活動・サボタージュの咎で裁かれた「シャフティ事件」(一九二八年五月—七月)に見るように、政権は生産の遅れや現場での事故を技術者の責任に転嫁した。ヴォロネジでも二八年前半から地元紙で技術者たちへの批判が出はじめ、三〇年までに土地改良にたずさわったプラトーノフの元同僚は全員取り調べの対象となった。その年の四月には、かつての彼の部下で、県土地改良担当を彼から引き継いだゼンケーヴィチが、次のように証言した。「土地改良事業の破壊と住民の眼前でのその信頼毀損、ソ連邦の力の弱化を目的とする反革命的破壊活動に、私は県土地改良担当プラトーノフによって一九二四年に引き入れられました」。同じ日に別の元同僚も取り調べを受け、同様の証言を行なった。一日で両者の取り調べがなされたことは、プラトーノフが主要な標的であったことを示唆する。年末までに関係者の逮捕が続いたものの、結局プラトーノフは逮捕されず、取り調べも受けなかったのだが、その背景は不明である。[*15]

農業集団化の衝撃

危険を感じつつも、プラトーノフは社会主義建設の姿を描くことに専心した。一九三〇年夏には『社会主義農業』紙に委託されて、ヴォルガ河中流域・下流域に出張した。このとき彼は飢餓に苦しむコルホーズの現実を目にしたはずである。その結果として、いくつかのルポルタージュを書くとともに、集団化を主題とする『土台穴』の執筆に着手した。

一九三一年五月、ファジェーエフが編集長を務める『赤い処女地（クラスナヤ・ノーフィ）』誌に、プラトーノフの「ためになる」が掲載された。独特のイマジネーションに満ちた、コルホーズ風景の小説的描写である。スターリンはこれを読んで激怒し、「われらの敵たちの代理人による物語は、コルホーズ運動を失墜させる目的で書かれ、分からず屋の共産党員たちによって自身の比類なき盲目ぶりを誇示する目的で公表された」「著者と分からず屋たちは、彼らの『ためになる』ように罰がなされるかたちで、罰されねばならないだろう」との判断を下した。また、「ためになる」欄外にスターリンはこう書き込んだ。「そう、新生活の馬鹿者であり俗物」「人でなし。こうしたものたちが、つまり、コルホーズ運動の直接の指導者、コルホーズの幹部だというのか?! 卑劣漢……」。パリで亡命者が出していた『最新ニュース』紙上で、ゲオルギー・アダモーヴィチが同作を好意的に評したことも、スターリンを刺激した可能性がある。[*16]

スターリンに叱責されたファジェーエフに促され、プラトーノフは六月八日、スターリンに手紙を書き、次のように記した。「昨年夏、私はヴォルガ中流地帯のコルホーズにいました（「ためになる」執筆後です）。そこで私は、農村の社会主義的改造が現実には何を意味するのかを、貧農とバトラーク〔農業労働者〕にとって、全ての勤労農民にとって、コルホーズが何を意味するのかを、目にし、感じました。そこで私は、私の意識を驚かせたコルホーズの人々を目にし、そしてまたそこで私は、クラーク〔富農〕とそれを助けているものたちを熟視する機会も得ました。具体的な事実はあまりに深く、ときにその内容においてあまりに悲劇的であったので、私の魂はひからびてしまったほどでした、――私は理解しました、どれほど恐ろしく、重苦しい勢力が社会主義の世界に対抗しているのかを、社会主義に期待をもつ一人ひとりの人間からどれほどの途方もない仕事が必要とされているのかを。出張の結果、一連の最良の同志たち、真のボリシェヴィキによるイデオロギー的援助の結果、私は内面において、芸術において、自分の過去の作品を拒絶しました――それらは政治的にも拒絶され、破棄されねばならず、印刷しないように努めねばならなかったのです。ここに私の過ち、状況理解の弱さがありました。それから私は新しい本の仕事に取り掛かりました、自身を点検し、一つひとつの語句、一つひとつの状況を確かめながら、今なお私をとらえ、プロレタリアートとコルホーズ員にとって敵対的である嘘と俗悪との惰性を、苦しみを覚えつつゆっくりと克服しながら。労働と新しい、つまりプロレタリアート的な現実への接近の結果、私はよりいっそう気持ちが軽く、自由になっていきました、余所の土地から家へと帰りつつあるかのようにです」。

翌日には『文学新聞』と『プラウダ』の編集部にもプラトーノフは書簡を送ったが、その内容は弁明というよりも開き直りに近かった。「著者は（…）以下のように確信するにいたった。その散文の仕事は、肯定的な主観的意図にもかかわらず、プロレタリア社会の意識に全面的な反革命的害毒を与えるものであると」と彼は書いている。数日後にプラトーノフは手紙を書き直したが（ファジェーエフの要請によるものか）、結局掲載されなかった。その後、彼を批判する論評の発表が続いた。とくに七月三日には『イズヴェスチヤ』にファジェーエフによるものが出た。ファジェーエフはプラトーノフの才能を認め、作品を自分の雑誌に掲載しながらも、スターリンの批判を受けて、今度は彼を糾弾する側にまわるという、内的に引き裂かれた状態であった。この間、政治警察オーゲーペーウー（統合国家政治部）は日常的に作家たちの動静について情報を集めていたが、三二年一月には『チェヴェングール』の原稿について、反革命的内容をもつと密告してくるものもいた。[*17]

作品への批判以上にプラトーノフを苦しめたのは、彼がその理念を支持した集団化が、実際には農村に困窮を招いたことであった。行き詰まったプラトーノフは、一九二二年と同様に文学から距離をおき、技術者の仕事に傾注した。一九三二年五月末、彼は計量器・秤生産トラスト・ロスメトロヴェスに受け入れられた。ヴォロネジ時代の上司ボシュコ＝ボジンスキーがトラストの長で、プラトーノフの弟ピョートルも勤務していた（プラトーノフはこの弟とともに発明した電気秤によって、三四年夏には褒賞を得ている）。この間彼は創作をやめたわけではなく、『幸福なモスクワ』の執筆をはじめたのも三二年ないし三三年である（詳しくはあとで立ち返る）。また、三二年前半にはトヴェリ並木路二五番地の「ゲルツェン館」に居を定めた。だが出版の機会には恵まれず、三二年、三三年と活字になったものは一つもない。プラトーノフは文壇の長老マクシム・ゴーリキーに何度も手紙を送り助力を求めた。ゴーリキーは彼の特異な才能を認めていたが、出版を支援しようとは思わなかった。プラトーノフはアヴェルバフにも、白海運河への視察団に加えてほしいと頼んだが、聞き入れられなかった。[*18]

相対的安定

プラトーノフへの処遇が緩和されたのは一九三四年である。二月には雑誌『三十日』に「遠方のものへの愛」が掲載された。これは『幸福なモスクワ』第二章に相当する。三月末には中央アジアのトルクメン共和国に向かう作家団に参加した。トルクメニスタンの気候や風景は彼を魅した。視察の成果である「粘土砂漠（タクィル）」は『赤い処女地』およびトルクメンの記念文集に掲載された。モスクワに戻ってきたのちに彼は、ソ連作家同盟への入会手続きを行なった（これは政権が文学者を統合するために、競合する諸文学団体を解散させて一九三四年につくった組織である）。[*19]同年に出た『文学事典』第八巻でプラトーノフの項目を担当したエヌ・グネージナは、「疑惑を抱いたマカール」「ためになる」を批判しつつも、「プラトーノフは自身の作品において一連のイデオロギー的剝落を露わにしたが、彼の創造に現れつつあるソヴィエトの現実を具体的に示そうとする傾向は、作家が然るべき創造の道を探していることの証左である」と、肯定的な言葉で締めくくった。[*20]

しかし三五年一月に「タクィル」は新聞紙上で批判された。この年にはトルクメン共和国を再訪しているが、その成果である「ジャン」は発表できなかった。三月には作家同盟第二回総会で書記アレクサンドル・シチェルバコフが彼を厳しく批判した。ゴーリキーも『プラウダ』編集長レフ・メフリスと『イズヴェスチヤ』編集長ニコライ・ブハーリンに対して、「若干の作家（カ・ゼリンスキーとア・プラトーノフ）のところでは、われわれにとって異質で敵対的な倫理と美学を、〔全体としてのソ連作家〕集団に押しつけようとの試みがなされた」と書いた。[*21] こうした批判による圧迫とは別に、作家としての仕事が増えてきたことは、ロスメトロヴェスでの仕事との両立を困難にした。トラストに辞任を申し入れる、三五年六月三日付のプラトーノフの自筆文書が残されている。そこで彼は、トラストでの「虚偽の」状況は彼を「病気の状態に」追いやっており、「そのような状態のもとで働くのは極度に困難である」と記した。トラストを去るのは三六年二月である。[*22]

一九三六年は状況が好転した。一月には『赤い処女地』に「三男」が出た。これは少しのちにフランス語でも『国際文学』誌に掲載された。同年後半にはプラトーノフの作品発表の拠点は、『赤い処女地』から『文芸批評家』誌に移った。八月には同誌に「不死」と「フロー」が掲載された。これは同誌編集部のエレーナ・ウシエーヴィチの決断による。彼女はプラトーノフに筆名で文芸批評を発表する機会も提供した。プラトーノフが一番多く使った筆名はエフ・チェロヴェコフで、この名前は「人間」（チェロヴェーク）からきていた。[*23]

鉄道勤務員の献身的な活動を描いた「不死」は、掲載に先立って、原稿を読んだ同僚たちから高い評価を得ていた。作家同盟でファジェーエフに次ぐ地位を占めるウラジーミル・スタフスキーは、三月に『文学新聞』で同作を「才能ある物語、生活の資料に基づいて書かれている」と評価した。さらに、ヤーコフ・ルィカチョフは七月に作家同盟で次のような発言をした。「想起せねばならないのだが、同志諸君、各人には共産主義にいたるそれぞれの道がある（…）プラトーノフはその道への権利をもっている。プラトーノフがその道を歩みはじめているときにあっては、彼をあるがままに受け入れねばならない」。ルィカチョフのこの発言があらためて物語るものは、一九三〇年代のソ連の文学者たちが、単に政権による規範の押しつけに苦しんでいたのではなく、彼ら自身が新しい創造のあり方を模索していたということである。[*24]

大テロル

一九三六年に始まった大テロルは、作家たちを直ちに巻き込んでいった。第一次モスクワ裁判を受けて、九月四日に開かれた『赤い処女地』編集部の集会では、プラトーノフも最後に短い発言を行なっている。「同志〔ミハイル・〕レヴィドフは、警戒心における最も重要なことは、自分自身に対する警戒心だと述べた（…）自分自身に対するこの警戒心は、どこに現れうるだろうか。それは、自身の芸術活動への特別な態度にである。まさに思い出さねばならないのだが、人が取り組んでいる芸術作品は、新しい、社会主義的魂をもった人間に奉仕しなければならず、社会主義を建設している全てのものを助けなければならない[*25]」。

大テロルがピークを迎えた三七年には、プラトーノフはより激しい筆致で、第二次モスクワ裁判の被告であるカール・ラデックとゲオルギー・ピャタコフを糾弾した。『文学新聞』紙上で彼は次のように書いた。「果たして彼らを、皮相な意味においてすら人間と呼ぶことができるであろうか」「どのようにして彼らは自分自身に耐えているのか。一人は、たしかに、耐えられなかったのであるが——

トムスキーである。これらの特別な悪党どもの殲滅は当然の事柄である」[*26]。彼はこの種の文章をやむをえず、保身のためにのみ書いていたわけではないように思われる。ヴァルラーモフが言うように、ヴォロネジ県や土地・林業活動家労組中央委員会などで、行政的混乱や突然の解任を経験してきた彼は、その背後に破壊工作やサボタージュがあったと考えていたようである[*27]。

しかし、もちろんプラトーノフが、大テロルから衝撃を受けなかったわけではない。三六年十一月から十二月頃の彼のメモには、次のような文章がある。「誰がこれをやったのか？……」「スターリンだ」「ではこれは？」「スターリンだ」「スターリンか。では君はそのとき何だったのか？」「私は小スターリンだった」。知人たちも犠牲となった。とくに親しい作家セルゲイ・ブダンツェフが三八年四月に逮捕されたことには言葉を失った。彼のことはとても「人民の敵」であったなどとは信じることができなかったのである。ブダンツェフは極北のコルィマ収容所に送られ、金採掘の強制労働に従事させられ、一九四〇年に収容所の病院で没した[*28]。

苛酷なスターリン体制は、プラトーノフの友人ばかりか家族をもとらえた。一九三八年四月末、当時十六歳であった長男プラトン、愛称トーチクが路上で逮捕されたのである。罪状は、ソヴィエト権力転覆を目的とする青年ファシスト組織の一員であること、若者の間で反ソ活動の参加者を募ったこと、それにドイツ諜報機関員と接触したことであった。このうち最後の点には、まったく根拠がないわけではなかった。プラトーノフ一家が暮らすゲルツェン館には、ドイツ紙『フランクフルター・アルゲマイネ』特派員ヘルマン・ペルツゲンも住んでいた。あるときトーチクは、年長の友人イーゴリ・アルヒーポフ（作家ニコライ・アルヒーポフの息子）といっしょにペルツゲンに手紙を送り、情報（もちろん彼らは何ももっていなかった）と引き換えに金を払うようにもちかけたのである。この手紙が内務人民委員部の手に渡り、九月十五日にイーゴリ（当時十八歳）は銃殺された。八日後、トーチクには十年の投獄、五年の政治的権利剝奪、全所有物の没収という判決が下った。銃殺判決をまぬかれたのは、比較的年少だったからであろう。また、この一連の出来事は、プラトーノフへの圧力を狙いとしていたわけではないようである。

プラトーノフは当初、息子が忽然と消え失せたことで、茫然自失の体となった。逮捕されたことが分かってからは、ファジェーエフが罪状について照会して彼に教えた。ショーロホフもスターリンに掛け合うと言って、プラトーノフを励ました。プラトーノフ自身もまず三八年七月、内務人民委員ニコライ・エジョフに釈放の嘆願書を書いた。ついで同年十二月と三九年一月の二度、スターリンに手紙を送り、息子のかわりに自分を投獄するように懇願した。三九年五月には検事総長アンドレイ・ヴィシンスキーにも手紙を書いた。これらの働きかけを経て十二月、最高裁判所軍事参与会は再審査を開始すると決定し、北極圏ノリリスクの収容所からトーチクを移送すると決めた。だが、移送はなかなか行なわれず、トーチクは肺を病んだ。ようやく四〇年三月、モスクワのブティルカ監獄に再審査のための移送がなされた。釈放が決められたのは十月末のことである。四三年一月にトーチクは亡くなった。*29

プラトーノフの作家活動は政治動向と複雑に絡み合った。一九三七年には一連の評論や短篇を発表し、単行本『ポトゥダニ川』も刊行した。翌三八年も、トーチクの逮捕という出来事があったが、七月に『ノーヴイ・ミール』誌に「オリガ」(「漠たる青春のあけぼので」と改題〔邦訳「朝霧のなかの青春」〕)を発表し、十月には評論集『読者の思索』の出版契約を「ソヴィエト作家」社と締結した。だが、この企画は頓挫した。それは、プラトーノフに発表の機会を与えてきた『文芸批評家』誌と、ファジェーエフが編集長を務める『赤い処女地』誌の勢力争いが飛び火したことによる。三九年から四〇年にかけてファジェーエフは、作家同盟を動かすかたちで『文芸批評家』誌に攻撃をかけ、同誌と関係の深いプラトーノフを含む作家たちへの批判を刊行物上、さらには党中央委員会への報告において繰り広げた（その一方で彼は、水面下ではトーチクに関する情報を入手してやっただけでなく、『読者の思索』刊行のための働きかけも行なっていた）。結局、党指導部が文化人同士の争いにおいてしばしばそうしたように、今回も両成敗的決定が下された。四〇年末に『文芸批評家』誌は閉刊となったが、作家同盟の批評部も廃止された。プラトーノフは『文学展望』という別の雑誌で仕事を続けることができた。[*30]

前線へ、そして「帰還」

一九四一年六月にドイツ軍がソ連に侵攻し、独ソ戦が始まった。七月から八月、プラトーノフは運輸人民委員部政治本部の命令でレニングラード戦線に出張した。十月には家族とともにウラル山脈麓のウファーに疎開したが、四二年六月初頭までに彼はモスクワに帰還し、前線に向かった。プラトーノフは赤軍の機関紙『赤い星』の従軍記者となり、前線を巡り、次々と小説を発表した。自己犠牲や、死者を含む人々の共同性という彼の主題は、戦時中に政府が求めた主題と合致した。これらの作品は『祖国の空の下で』という題で一冊にまとめられ、四二年にウファーで刊行された。ファジェーエフ、ヴィクトル・シクロフスキー、レオニード・レオーノフといった大物作家が、彼の作品に高い評価を与えた。他方で四三年末に党中央委員会宣伝扇動局長ゲオルギー・アレクサンドロフは中央委書記ゲオルギー・マレンコフに宛てた報告で、プラトーノフの短篇「セミドヴォリエ防衛」を「馬鹿げた思索に満ちている」と非難していた。[*31]

戦争中にプラトーノフは結核に感染した。看病していた瀕死の息子に口づけしたことでうつったという説もあるが、前線で感染したのだという説もある。四四年夏の終わりに発症し、彼はモスクワに戻った。四五年中に二度、クリミアで療養した。よいこともあった。四四年十一月に娘マリヤが生まれたのである。彼女は長じて文学研究者になり、二〇〇五年に没するまで父親の作品の公刊に心血を注いだ。[*32]

コンスタンチン・シーモノフをはじめとする『赤い星』の同僚たちは、プラトーノフの力量をよく認めた。作品の発表も続いていたが、作品集『全人生』(四五年九月に原稿を出版社に渡していた)の刊行は進まず、このことは彼の経済状況に響いた。四六年十二月、『ノーヴィ・ミール』に「イヴァノフの家族」(のち「帰還」と改題)が発表されると、赤軍兵士の妻による銃後での不貞の疑惑に言及した同作に対して、激しい非難キャンペーンが開始された。まず四七年一月、『文学新聞』に編集長ウラジーミル・エルミーロフの論文が出た。『文学新聞』はアレクサンドロフ率いる党中央委宣伝扇動局の刊行物であり、彼のプラトーノフに対する敵意が影を落としていたものと思われる(また、編集長エルミーロフは『ノーヴィ・ミール』編集長シーモノフと反目していた)。プラトーノフはエルミーロフを官僚としか見ていなかったので、この批判は落ち着いて受け止めることができた。だが、翌月には『プラウダ』にファジェーエフによる批判が載った。これは『ズヴェズダー』と『レニングラード』という二つの文芸誌の自立的傾向を非難した四六年八月の党組織局決議(起草者はアレクサンドロフ)を踏まえたもので、党中央の意を受けていた。よく知っているファジェーエフによる批判は、プラトーノフの病状を悪化させた。このキャンペーンにより彼は作品発表の場を失い、児童劇場との仕事も頓挫した。[*33]

一九四七年五月一三日、クレムリンに主要作家であるファジェーエフ、シーモノフ、ボリス・ゴルバートフが呼び出され、ソ連指導部と面談した。指導部側はヴャチェスラフ・モロトフ(外務大臣)、アンドレイ・ジダーノフ(イデオロギー指導の責任者)、それにスターリンである。シーモノフが翌日つけたメモによれば、文化・学術における西側への跪拝をなくす必要がある、そのために『文学新聞』を刷新して大衆宣伝機能を増加させたいというのが、スターリンの主要なメッセージであった。関連して他の刊行物の紙面拡充、割り当て頁およびスタッフの増加も話し合われた。スターリンが「われわれは金は惜しくない」と言ったのを機にファジェーエフが、「とくに厳しい物資的状況にある一人の作家」のことを話しだした。シーモノフはこの作家の名前を用心のためにメモに書き留めず、のちには誰のことか思い出せなくなったのであるが（この話題に続けて彼は、やはり厳しい状況にあったミハイル・ゾシチェンコのことを話題に出し、掲載許可を取り付けている）、恐らくはプラトーノフであろう。スターリンはファジェーエフにこう答えた。「彼を助けねばならない。金を与えねば。ただしあなたたちは彼〔の原稿〕を引き取って、活字にして、そして支払いなさい。なぜ施しをやる必要があるのか？　活字にしなさい――そして支払いなさい」。ジダーノフが、「最近その作家から感情のこもった手紙を受け取った」と伝えたところ、スターリンは笑みを浮かべて、「感情のこもった手紙を信じてはいかんよ、同志ジダーノフ」と言った。「みなが笑いだした」とメモは締めくくられている。[*34]

ファジェーエフは、スターリンの言った順番を必ずしも守らなかった。ソ連指導部と作家たちの面談があった翌月の一九四七年六月に、ジダーノフが西側への哲学にへつらっているとして、アレクサンドロフを失脚させた。恐らくはこれにより、ファジェーエフは公開の場でのプラトーノフ攻撃を控えるようになった。十二月末、ファジェーエフは支援を求めるプラトーノフからの再三の手紙にようやく応えて面会した。ファジェーエフはプラトーノフに作品出版の支援は与えなかったが、作家同盟から毎月の手当てを受け取れるようにして、のちには療養費も出した。[*35]

それでも、プラトーノフが本当に求めていたのは作品発表の機会であった。シーモノフともファジェーエフとも関係が悪かったショーロホフが、支援の手をさしのべた。ショーロホフ自身の編集のもとで、プラトーノフによるロシア民話の再話集を出す機会を与えたのである。一九五〇年十月、『魔法の指輪』が刊行された。これが生前に出た最後の著作となった。一九五一年一月五日、プラトーノフは死去した。[*36]

二 『幸福なモスクワ』について

テクストについて

プラトーノフは一九三二―三三年から三六年にかけて『幸福なモスクワ』を書いた。より詳しく記すと、三二年のメモ書きに、本作に関わる構想が出てくる。実際に最初の六章を書いたのは三三年と推測される。三四年のトルクメン出張によって、執筆は中断したようである。プラトーノフは本作を刊行することを考えていたはずで、一九三四年には「芸術文学」社と原稿の期限についてやりとりし、三六年初頭には「ソヴィエト作家」社と契約を結んでいる。[*37] 実際には原稿は未刊行のまま、その存在も知られることなくソ連末期を迎え、一九九一年九月刊行の『ノーヴィ・ミール』第九号に初めて発表された。[*38] 本作は推敲が完全ではなく、しばしば「未完の作品」と呼ばれる。しかし、形式面ではなく、作品世界の内的まとまりに目を向けるならば、モスクワ・チェスノワの物語がひとつの完成を見ていることは明らかである。

『ノーヴィ・ミール』に本作が掲載されてから八年後の一九九九年に、校訂版テクストがモスクワで刊行された。そのテクストは、『アンドレイ・プラトーノフの「哲学者の国」――創造の諸問題』第三集に収録されている。[*39] いずれの版も、刊行を準備したのはプラトーノフ研究者ナターリヤ・コルニエンコである。訳者は当初『ノーヴイ・ミール』版で全訳をつくったが、その後に校訂版を知った。そのため、両者の異同を逐語的に照合して、校訂版に基づいて訳を改めた。したがって、本訳書の底本は校訂版テクストである。二〇一二年にはロバート・チャンドラーとエリザベス・チャンドラーたちによって英訳が出された。[*40] 底本は一九九九年の校訂版テクストである。この英訳テクストの全文も逐語的に参照した。

作品世界の背景

『幸福なモスクワ』の主な舞台は、一九三〇年代前半のモスクワである。当時ソ連ではスターリンの指導下に、のちに「上からの革命」と呼ばれることになる激変が進んでいた。大規模な暴力を伴う農業集団化、熱狂に満ちた工業化、市場経済の否定と計画経済の導入がその基本的な柱である。これらの社会主義的改造は、文化面での変容も伴った。一九二〇年代には共産党は、文化面ではある程度の放任路線をとっていたが、「上からの革命」の開始とともにその姿勢は転換した。「文化革命」の掛け声のもと、資本主義的後進性の廃絶と社会主義文化の創造、「ソヴィエト的人間」の創出が目指されたのである。

組織面では競合する諸作家団体が廃止されて、一九三四年に文学者たちはみな、ソ連作家同盟に糾合された。理念面では「社会主義リアリズム」が指針とされた。社会主義のもとで生まれてくるはずの、あらたな生活と人間像を描き出すことが、芸術家たちには求められた。とはいえ具体的な芸術的形象については、中央の指針によって与えることはできなかった。作家やその他の芸術家には、自身の創作のなかで、新しい芸術を生み出すことが求められたのである。矯正労働収容所や巨大建設現場、変貌を遂げる中央アジアなど諸共和国への視察が組織され、作品コンクールも開かれ、定期刊行物や集会では作品批評が繰り広げられた。こうした動向は検閲の強化とあいまって、芸術家の創作活動を制約した。だが、スターリン時代の検閲は、何かを禁止する行為である以上に、新しい規範を創造する行為である。そして芸術家の多くも、新しい芸術を創造せよという党の呼びかけを、単なる押しつけとして受け止めたわけではない。むしろ彼らは、スターリン、党・政府、人民といっしょに社会と人間の刷新に取り組む、という課題に全力で臨んだのだった。[*41]

ソ連の首都モスクワは、浮上しつつある社会主義文明を象徴する役割を負った。一九三一年六月の党中央委員会総会は、ラーザリ・カガノーヴィチの報告に基づき、モスクワの社会主義的再編に着手することを決め、モスクワ＝ヴォルガ運河と地下鉄建設を含む一連の目標を打ち出した。政府ビルやホテルなど、公共建築の建設が徐々に始まり、三五年七月以降はより具体的な「モスクワ市改造総合計画」が実践に移された。[*42]

カテリーナ・クラークは、一九三二年頃からモスクワ崇拝と呼べる現象が起こり、同年七月には『文学新聞』上で、変わりゆく首都の姿を描き出すよう芸術家たちへの呼びかけがなされたと記している。この呼びかけに応えたものとして、クラークはセルゲイ・エイゼンシュテインの映画『モスクワ』(三二年に着手)と、プラトーノフの『幸福なモスクワ』という二つの未完のプロジェクトを挙げている。[*43] 実際、『幸福なモスクワ』の作品前半では、変わりゆくソ連の首都と、そこに暮らす新世代の人々の姿が生き生きと描かれている。だが、農業集団化をはじめ、社会主義建設の現実が明確になるにつれて、プラトーノフの筆致は暗いものとなっていく。とりわけ作品後半における、地下鉄工事現場での事故で主人公が右脚を喪失する展開は、プラトーノフがソ連の現実に日々感じていた痛みを物語っていたであろう。

しかし、主人公たちは現実の壁にぶつかり、挫折して終わるわけではない。プラトーノフと同様、物語の主人公たちも、ソ連の現実を直視して、人々とともに苦しむのだが、そうした「共苦」のなかに、理想を現実化する道を見出そうとするのである。彼らの理想とは何かといえば、それは自分の人生を他者と共有することである。彼らは個人の人生・生命の枠を超えることで、共産主義を実現しようとしていた。これは、ある政治的イデオロギーを奉じたというだけのことではない。プラトーノフも、主人公たちも、自己と他者の境界を越えるというユートピア的理念に身を捧げていたのである。

他者との一体化

登場人物たちは、それぞれの仕方で、他者の生命とつながろうとする。典型的なソヴィエト行政官であるボシュコの場合、外国の労働者との通信がそのための手段である。彼は妻を亡くした通信相手、またのちにはサルトリウスのような、苦悩を抱える個人に対して、ソヴィエト的決まり文句《クリシエ》に従った励まし方をする。そこにはプラトーノフのアイロニーがあるが、個人の苦悩を階級全体の幸福によって超克しようとする、ソヴィエト的人間の振る舞いをよく写し取っているともいえる。

医者サンビキンの場合、遺体から未知の物質を取り出して、死者の生命エネルギーを生者に引き継ぐことが、他者と一体化するための手段である。ここには死者の復活、死者との一体化という、ロシア・コスミズムの思想がみてとれる（この点については後述する）。他方、サンビキンは、生化学の観点から人間の進歩に迫ろうとする唯物論者でもある。二つの脳という彼の仮説、またとりわけ腸の解剖をめぐるエピソード——食への渇望、飢えの恐怖が人類史を駆動する根幹であるという着眼——には、彼の人間観がよく表れている。

主人公モスクワは、他者との一体化という理念を、本作において最も全面的に表現している人物である。彼女は父親からはオリガと呼ばれていたらしいのだが、そのことを忘れてしまったために、ソヴィエト政権から新しい名を与えられた。普遍的な赤軍兵士の名前であるイワンから父称をつくり、首都モスクワを名前とするのであるから、このとき名無しの孤児は、個と共同体の差異を超克する人間へと転生を遂げたのである。*44

彼女は人々のなかにまじって生き、働くことを、さらには無機物のような姿となって人々の生活を見守り、その暮らしをより幸福にすることを願っている。それが、ふつうに幸せになりたいという、子どものときからの彼女の願いなのである。その一方で彼女はまた、性愛を手段としても、他者の生命と一つになることを希求する。かつて彼女の夫となったゆきずりの人物や、彼女の家に転がり込んだエレツの男といったエピソード的な人物を含め、彼女は多くの男たちと関係をもつ。

彼女の試みは、いずれも挫折に終わる。人々とともに労働するという希望は、右脚の喪失という無残な事故によって打ち砕かれるし、性愛も彼女の理想を実現するものではなかった。「愛は共産主義にはなれない」のである。だが、彼女が求めている他者との一体化は、労働や性愛を通した行為のみに尽きるものではない。風や草原や樹木といった自然との交歓を通じても、彼女は個人の生命の境界を越える。さらに、無数の人々が暮らす都市モスクワとも彼女は一体である。彼女の心臓の鼓動は都市の鼓動と共鳴する。そして、彼女はモスクワの雑踏のなかに姿を消すのである。

主人公チェスノワの探求に最も近づき、その軌跡を引き継ぐのが、技師サルトリウスである。彼は作者プラトーノフの代理人といってよい。父方の姓ジュイボロダではなく、ドイツの機械技師と同じサルトリウスを名乗ることで、彼は孤児オリガがモスクワになったのと同様に、人々とともに生きる道を歩み出したといえる。だが、技師としての活動は、秤トラストでの仕事も含め、彼の魂を満たすものではなかった。性愛もまた、そのための十分な手段ではなかった。他者と一つになるために彼は、

「モスクワの街のようになろう」と決意する。そして彼は、穢土という言葉がぴったりとする、この世を集約したようなクレストフスキー市場において、技師の肩書きを捨て、他人の身分証明書を手に入れることで、転生を果たすのである。

主要登場人物のうちでただ一人、個人主義的な生き方を送っているのがコミャーギンである。彼の無為と虚無の生活は、他者と一体になろうとする他の登場人物にとってのネガである。だが、彼が抱える絶望は誰よりも深い。そして、本書を読まれた方はお分かりの通り、物語の鍵となる役割を担っているのもコミャーギンである。彼が最後に登場し、モスクワ・チェスノワについてサルトリウスと会話を交わすのはドミニコフスキー横丁の近くであるが、これは本作で唯一、架空の地名のようである。もしこの地名が、スペインの修道士聖ドミニコ（一一七〇―一二二一年）を意識したものだとすれば、その含意はいかなるものとなるであろうか。訳註の117に記した通り、ヤコブス・デ・ウォラギネ『黄金伝説』によれば聖ドミニコの母親は、彼を「身ごもったとき、口に燃える松明をくわえた一匹の子犬が体内をかけめぐる夢をみた。子犬は、やがて母のからだから出ていくと、その松明で全世界に火を点じた」[*45]。もし、松明で全世界に火を点じた子犬がコミャーギンであるとすれば、その母親はモスクワ・チェスノワということになるであろう。二人の間にあるのは、他者同士を超えた関係なのである。

性愛とその克服

個別の論点に二つ、触れておきたい。ひとつは性愛である。本作では異性間の性的結合がしばしば描かれる。また、人物の会話などを通じて性欲についても語られる。これらは革命前から一九二〇年代にかけてのロシア思想における思索の延長上にある。革命前のロシアでは、ウラジーミル・ソロヴィヨフ、ニコライ・フョードロフ、ニコライ・ベルジャーエフといった思想家が、完全な人間を追求して思索を繰り広げた。人間の完全性を妨げるひとつは死であるから、彼らは死の超克を模索して、死者との交歓を求めた。完全性を妨げるもうひとつの大きなものは、快楽としての性愛である。この性愛観は、主に男性の思想家たちによって展開されたものであり、人間（＝男性）の完成を妨げるものとしての女性という見方を伴った。

新しいプロレタリア的文化をつくろうとする革命後の芸術運動や思想においても、死および性愛の克服、それに女性蔑視の傾向は引き継がれた。内戦期に文化団体プロレトクリトが生み出した多くの詩において、プロレタリアートは集合的な存在として描かれるが、それは基本的に男性としてイメージされ、自然を征圧することを目指す。ここで自然とはしばしば「後進的な」女性のメタファーであった。市場経済が復活した一九二〇年代のソ連でも、女性は過去の残滓を象徴した。とりわけ新経済政策（ネップ）のもとで路上に数多く現れた売春婦の姿は、克服すべき過去を体現した。ソ連では快楽を伴う性愛もまた、革命前の思想家たちがそうしたように、否定の対象とされた[*46]。自慰行為も個人主義的な快楽、自己規律化の障害、身体エネルギーの浪費とされ、衛生学や性教育の場で攻撃の対象となった[*47]。

プラトーノフは創作活動の初期にあたる青年期には、ソロヴィヨフやベルジャーエフやフョードロフ、またプロレトクリトの上記のような人間観から強い影響を受けていた。だが、一九二〇年代後半には、それをアイロニカルなかたちでとらえ直す地点に達していた[*48]。とはいえ、性愛では他者との一体化は成し遂げえないというモチーフが、主人公たちの切実な経験として、『幸福なモスクワ』で強調されていることも確かである。同じことは、死の克服にもあてはまる。死と性愛の克服、それによる個と共同性の境界の克服という問題意識を、プラトーノフは生涯を通じて追究し続けたのである。

スターリンの形象

もうひとつの論点はスターリンである。『幸福なモスクワ』ではスターリンの名が四回出てくる。第二章のボシュコの部屋にかかった肖像画、第六章のムリドバウエルの想念、第十章のボシュコの演説、第十三章の市中の情景が該当する箇所である。皮肉めいた視線を感じられるものもあるが、全体として肯定的な言及である。プラトーノフは、スターリンからの作品批判によって何度も辛苦をなめた。息子の死もスターリンの政治の結果といってよい。それでもプラトーノフは、スターリンの存在を否定的にとらえてはいなかったようである。一九三四年には自分のノートにこう記している。「ソヴィエト権力は絶対的に正しい。いかなる集団性にも従うことのない人々（それはこの『集団性』自体の特殊性のおかげなのであるが）——雑多なつまらぬ人々が、偉大な指導を必要とする、そうした（戦後の、また戦時の）状況が、歴史において起こったのである」[*49]。プラトーノフはスターリンのなかにこの「偉大な指導」を見ていた。それは、革命と社会主義創出のために、歴史的に必要な存在なのであった。

次のような出来事も、プラトーノフのスターリン観を窺わせるものとして興味深い。一九三九年十二月一日のことで、場所はゲルツェン館のアンドレイ・ノヴィコフ邸である。作家ノヴィコフはプラトーノフと同じヴォロネジの出身で、二人は昔からつきあいがあった。居合わせたのはプラトーノフ、ノヴィコフ、作家ニコライ・カウリチェフの三人である。乾杯の音頭をとったノヴィコフが、「スターリンの破滅のために」と発声した。プラトーノフは驚愕した。息子が逮捕されている君も同調すべきだろうとカウリチェフが促したが、プラトーノフはその場を立ち去った。二日後、このやりとりが当局に密告された（情報源はノヴィコフの妻ないし、ゲルツェン館に住んでいた別の作家の可能性がある)。プラトーノフは咎めなしで済んだが、十二月三十一日付で声明ないし供述書を書かされている。「スターリンなしにはわれわれはみな破滅する」とカウリチェフに答えた、と彼は記した。ノヴィコフとカウリチェフは一九四一年に銃殺されている。[*50] プラトーノフのこの言葉は、保身から出たものというよりは、本心だったのであろう。彼にとってスターリンとは個人ではなく、未知に向かう人民の運動の、動力であり導き手であった。

スターリンの名前への言及とは別に、『幸福なモスクワ』には彼の姿を意識していると思われる人物が二人登場する。一人はアレクサンドロス大王である。本作では名前が出てくるだけであるが、長篇『マケドニアの将校』(一九三四年頃執筆)でのアレクサンドロスは、「自身の夢において、自然の猛威の死の奔流に対抗して率いられる、人類の単一の鉄の世界」を見ている人物であり、顔には「天然痘のあばた」がある。[*51] この身体的特徴はスターリンと同一である。もう一人は山岳民の老人である。カフカース山脈に暮らす山岳民は、同じカフカースに位置するジョージア(グルジア)出身のスターリンとイメージが重なる。[*52] この老人は、右脚を失ったチェスノワのために、親指から剝いだ自分の爪を捧げた。ここには他者との生命の共有という『幸福なモスクワ』のモチーフが、最も心に触れるかたちで描かれている。

おわりに

プラトーノフは二十世紀文学の巨人である。その作品はこれからいっそう読まれ、論じられるであろう。避けられぬ破滅の予感、壮大なものを実現するための自己犠牲、命をもって息づく無機物など、彼の世界は人間精神の深淵を覗き込んでいる。くわえて死や性愛、それに人体の変形への執着は、テクノロジーに翻弄されるわれわれの身体感覚を鮮烈に表現していた。プラトーノフの表現やスタイルや主題は、神経細胞がつながるように、多様な時代・地域の作品とどこかでつながっているのかもしれない。たとえば、サンビキンが手術する腫瘍に侵された少年のイメージは、大江健三郎『万延元年のフットボール』（一九六七年）における病気の赤ん坊の描写と、驚くほどよく似ているのである。

　プラトーノフは、深い絶望、それに孤独を抱いた作家であった。だからこそ彼は、絶望と孤独に生きる他者に対して、痛切な共感を込めて作品を書いた。名無しの少女モスクワの物語には、そのような彼の姿勢がとくに顕著である。ひとは孤独なまま、他者とともに生きるものなのかもしれない。

註

1 *Варламов А. Н.* Андрей Платонов (М.: Молодая гвардия, 2011).

2 *Варламов.* Андрей Платонов. С. 5-9. また、これ以降、第一節の全体について、同書巻末（С. 531-541）にある年譜も参照のこと。

3 *Варламов.* Андрей Платонов. С. 8-12.

4 *Варламов.* Андрей Платонов. С. 12-24.

5 *Варламов.* Андрей Платонов. С. 40-45. 以下、リトヴィン＝モロトフ（一八九八―一九七二年）については、*Шубина, Е.* «Я помню их, ты запомни меня...» // Андрей Платонов. Воспоминания современников. Материалы к биографии (М.: Современный писатель, 1994). С. 8-9 を参照のこと。彼は三〇年代後半に逮捕されたが、短期間だったらしく、独ソ戦の最中は前線にいた。

6 *Варламов.* Андрей Платонов. С. 48-56.

7 *Варламов*. Андрей Платонов. С. 57–61; *Платонов, Андрей*. Всероссийская колымага // *Платонов, Андрей*. Сочинения. Научное издание. Том первый. 1918–1927. Книга вторая. Статьи（М.: ИМЛИ РАН, 2004）. С. 191, 380.

8 *Варламов*. Андрей Платонов. С. 61–62, 68–69. 党員の除名については、*Ленин, В. И.* Полное собрание сочинений. Т. 44（М.: Политиздат, 1970）. С. 547.

9 *Платонов, Андрей*. Земчека // *Платонов*. Сочинения. Научное издание. Том первый. Книга вторая. С. 206–208, 386–388; *Варламов*. Андрей Платонов. С. 64–65. ボシュコ＝ボジンスキー（一八八四―一九四九年）は一九〇四年以来の党歴をもつ職業革命家で、内戦期はヴォロネジで活動し、一九三一年五月に計量器・天秤生産トラスト・ロスメトロヴェスの長官となった。*Платонов, Андрей*. "...Я прожил жизнь": Письма. [1920–1950 гг.]（М.: АСТ, 2014）. С. 160–161.

10 *Варламов*. Андрей Платонов. С. 75–77.

11 *Антонова, Е. и Аронов, Л.* Первый год московской жизни А. Платонова // «Страна философов» Андрея Платонова: Проблемы творчества. Выпуск 5（М.: ИМЛИ РАН, 2003）. С. 637–640.

12 *Варламов*. Андрей Платонов. С. 93, 116. 一家はモスクワで仮住まいを続け、一時はピリニャークのダーチャにも身を寄せた。一九三一年二月、プラトーノフは文学界で力をもつレオポリド・アヴェルバフに、住まいを提供してほしいと手紙を書いた。アヴェルバフはこれに応え、同年末にトヴェリ並木路二五番地にある「ゲルツェン館」の住居をプラトーノフ一家に割り当てた。「ゲルツェン館」には作家が多く暮らしていた。プラトーノフ一家には二部屋からなる独立のフラットが提供されたが、これは住宅事情の悪いモスクワではかなりの好条件であった。1）*Миндлин, Эм.* Андрей Платонов, 2）*Липкин, С.* Голос труда, 3）Стенограмма творческого вечера Андрея Платонова // Андрей Платонов. Воспоминания современников. С. 50, 120, 314; *Малыгина, Нина*. «Быть человеком – редкость и праздник» // *Платонов, Андрей*. Усомнившийся Макар: Рассказы 1920-х годов;

Стихотворения (М.: Время, 2011). С. 520.

13 江川卓「プラトーノフの生涯と作品」、『新集 世界の文学45 プラトーノフ・アクショーノフ』(中央公論社、一九七一年)、四二二頁。

14 *Варламов.* Андрей Платонов. С. 165, 170–174. ファジェーエフの関与については、*Антонова, Е. В.* К истории критики повести «Впрок» А. П. Платонова: о возможном поводе для «большого взрыва» // *Studia Litterarum.* 2021. Т. 6. No. 4. С. 250, 252.

15 *Варламов.* Андрей Платонов. С. 176–178. なお、一九三一年二月一日のある作家集会においてプラトーノフは、土地・林業活動家労組中央委には多くの教授や技師がいたが、「彼らの大半はのちに破壊工作者であることが明らかとなった」と述べ、自身が中央委を解任されたのも彼らによるとした。Стенограмма // Андрей Платонов. Воспоминания современников. С. 300–301.

16 *Варламов.* Андрей Платонов. С. 181, 224, 226; *Антонова.* К истории. С. 250–251.

17 *Варламов.* Андрей Платонов. С. 180–181, 221–222, 224–233, 235–236. 作家と文学官僚という二つの立場の間でファジェーエフが引き裂かれていたことについては、和田あき子「政治と文学——ファジェーエフの悲劇」、倉持俊一編『等身大のソ連』(有斐閣、一九八三年)、同「『雪どけ』期の党と作家同盟——ファジェーエフ遺書の隠された真実」、『ロシア史研究』第五十四号、一九九四年三月、参照。彼は一九五六年、フルシチョフがスターリン批判を行なった第二十回党大会の三か月後に自殺する。

18 *Варламов.* Андрей Платонов. С. 266–267, 275–276, 286, 309.

19 *Залыгин, Сергей.* ...На краю собственного безмолвия // Новый мир. No. 9. 1991. С. 60; *Варламов.* Андрей Платонов. С. 280.

20 *Гнедина, Н.* Платонов Андрей Платонович // Литературная энциклопедия. Т. 8 (М.: Советская энциклопедия, 1934 [Reprint: Tokyo: WAKO Print Center, 1983]). Столб. 688–689.

21 *Варламов*. Андрей Платонов. С. 304.

22 *Платонов*. "... Я прожил жизнь". С. 384–385.

23 ウシエーヴィチ（一八九三―一九六八年）は一九三八年には、プラトーノフの評論集『読者の思索』の編集者も務めた（刊行は頓挫した）。1）*Таратута, Е.* Повышенное содержание совести, 2）‹Переписка А. П. Платонова и Л. И. Тимофеева› // Андрей Платонов. Воспоминания современников. С. 100–101, 424.

24 *Варламов*. Андрей Платонов. С. 332–335. ユーリー・オレーシャを中心にして、スターリン時代における文学者の主体性を論じたものとして、沼野充義「『文化としてのスターリン時代』へ」、『思想』第八六二号、一九九六年四月、参照。

25 ‹Платонов и политические процессы 1936–1938 годов› // Андрей Платонов. Воспоминания современников. С. 348–349.

26 ‹Платонов и политические процессы› // Андрей Платонов. Воспоминания современников. С. 350. ミハイル・トムスキーは逮捕に先立って一九三六年八月に自殺した。

27 *Варламов*. Андрей Платонов. С. 350–351.

28 ‹Платонов и политические процессы› // Андрей Платонов. Воспоминания современников. С. 351–352; *Варламов*. Андрей Платонов. С. 354; Русская литература XX века. Прозаики, поэты, драматурги: био-библ. словарь. Т. 1（М.: ОЛМА-ПРЕСС инвест, 2005）. С. 293. プラトーノフは「Anti-Sexsus」にもブダンツェフの名を登場させている。プラトーノフ（工藤順編訳）『不死』、八八頁。

29 *Варламов*. Андрей Платонов. С. 393, 396–403, 406–409. エジョフへの手紙は、*Платонов*. "... Я прожил жизнь". С. 428–429. なお、エジョフ宛ての手紙においてプラトーノフは、『幸福なモスクワ』における少年の病気が、息子をモデルにしていたであろうことを窺わせる、次のようなことを記している。「私の息子はある、命を危険にさらす障害をもっております。彼は数年前に三度手術を受けました――頭蓋骨の開頭手術です（中耳の化膿症のためです）、そのため現在彼は左耳の化膿に絶えず苦しんでいます。何か小さな病気でも、耳の状態を悪化させうるものであれば、膿は簡単に脳に入り込むでしょうし（耳の後ろの大きな骨は切除されています）、事態は急激な死をもって終わることになるでしょう。私はこのことを完全な確信をもって言うのです、なぜならばすでに二度私の息子はそうした致命的な状態に陥ったからで、二度にわたり瀕死の苦しみのなかで目覚めることなく数日間横たわっていたからです」。

30 *Варламов.* Андрей Платонов. С. 430–438; *Перхин В. В.* А. П. Платонов и А. А. Фадеев: из истории взаимоотношений (1943–1951) // Русская литература. No. 2. 2001. С. 175.

31 *Варламов.* Андрей Платонов. С. 462–466; *Перхин.* А. П. Платонов. С. 176–177.

32 *Варламов.* Андрей Платонов. С. 472.

33 *Варламов.* Андрей Платонов. С. 476, 506–510; *Перхин.* А. П. Платонов. С. 176–178.

34 *Симонов К. М.* Глазами человека моего поколения. Размышления о И. В. Сталине（М.: Книга, 1990）. С. 107–121（引用部は С. 120–121）.

35 *Перхин.* А. П. Платонов. С. 180–183.

36 *Варламов.* Андрей Платонов. С. 515–516.

37 *Залыгин.* ...На краю собственного безмолвия. С. 58, 60–62.

38 *Платонов Андрей.* Счастливая Москва. Роман // Новый мир. No. 9. 1991. С. 9–58.

39 *Платонов Андрей.* Счастливая Москва. Роман // «Страна философов» Андрея Платонова: Проблемы творчества. Выпуск 3（М.: ИМЛИ, «Наследие», 1999）. С. 5–105.

40 Andrey Platonov, "Happy Moscow", in Andrey Platonov, *Happy Moscow*（Translated by Robert and Elizabeth Chandler and others）（New York: New York Review Books, 2012）, pp. 7–117.

41 沼野充義「文化としてのスターリン時代」、『朝日ジャーナル臨時増刊　変容する社会主義』

（一九九〇年六月二十日）、および、池田嘉郎「記憶の中のロシア革命――ロンム『十月のレーニン』とスターリン時代の革命映画」、塩川伸明・小松久男・沼野充義編『記憶とユートピア（ユーラシア世界3）』（東京大学出版会、二〇一二年）、参照。検閲の創造的機能については、*Паперный, В.* Культура Два (M.: Новое литературное обозрение, 1996; First ed., 1985). С. 243.

42 池田嘉郎「スターリンのモスクワ改造」、『年報都市史研究』第十六号、二〇〇九年二月、三八―三九頁。同「社会主義の都市イデア」、吉田伸之・伊藤毅編『イデア（伝統都市1）』（東京大学出版会、二〇一〇年）。

43 Katerina Clark, *Moscow, the Fourth Rome. Stalinism, Cosmopolitanism, and the Evolution of Soviet Culture, 1931–1941* (Cambridge, Mass.: Harvard University Press, 2011), pp. 95-96. エイゼンシュテインの「モスクワ」についてはセルゲイ・M・エイゼンシュテイン（エイゼンシュテイン全集刊行委員会訳）『エイゼンシュテイン全集第四巻　映画における歴史と現代』（キネマ旬報社、一九七六年）、七一―七五頁、参照。数年後につくられたアレクサンドル・メドヴェトキン監督の『新しいモスクワ』（一九三八年）も、ここで想起してよいかもしれない。変容するモスクワの現在と未来を活写したこの映画は、はっきりとしない理由で公開差し止めとなった。同作については、池田嘉郎「幸福なモスクワ」、『文化交流研究：東京大学文学部次世代人文学開発センター研究紀要』第二十七号（二〇一四年）で、「生きているモスクワ」という観点から『幸福なモスクワ』との簡単な比較を行なった。

44 なお、プラトーノフが一九三八年に発表した短篇「朝霧のなかの青春」（解説冒頭で記した通り、彦坂諦による翻訳がある）は、内戦中に両親をチフスでなくした少女オリガの物語で、『幸福なモスクワ』から派生した作品と考えることができる。

45 ヤコブス・デ・ウォラギネ（前田敬作・西井武訳）『黄金伝説』第三巻（人文書院、一九八六年）、九七頁。

46 Eric Naiman, *Sex in Public: The Incarnation of Early Soviet Ideology* (Princeton: Princeton University Press, 2019; First ed., 1997), pp. 27-78, 148-180.

47 Frances Lee Bernstein, *The Dictatorship of Sex: Lifestyle Advice for the Soviet Masses* (DeKalb: Northern Illinois University Press, 2007), pp. 138-140, 142-145, 147-154. なお、一九二〇年代ソ連の生化学は、内分泌腺やホルモンの仕組みを解明することで身体の性的統御が可能になると考えていた（*Ibid.*, pp. 41-72）。サンビキンによる未知の物質の研究も、こうした動向を背景としている。

48 Naiman, *Sex in Public*, pp. 206-207; 北井聡子「世界変容・ドグマ・反セックス——一九二〇年代ソビエトの性愛論争」、『現代思想』第四十五巻第十九号、二〇一七年十月、九一—九三頁。プラトーノフの諸作品における身体の各部位の位置付けについては、久保久子「プラトーノフ『幸せなモスクワ』における身体の部位の用例について」、『ロシア語ロシア文学研究』第三十一号、一九九九年十月、参照。

49 *Варламов.* Андрей Платонов. С. 352-353.

50 *Варламов.* Андрей Платонов. С. 411-413; *Шенталинский, Виталий.* Охота в ревзаповеднике. Избранные страницы и сцены советской литературы // Новый мир. № 12. 1998. С. 170-171, 173-174. 密告ではプラトーノフのところに二人が訪ねてきたことになっているが、プラトーノフの供述書に従いノヴィコフ邸での出来事と考える。

51 *Варламов.* Андрей Платонов. С. 297, 300.

52 山岳民の男と「ロシアの娘」との組み合わせは、一九四一年のソ連映画『豚飼い娘と羊飼い』（イワン・プイリエフ監督）に先行する。同映画ではダゲスタンの羊飼いとヴォロネジの豚飼い娘が恋に落ちる。羊飼いは民を導くもの、つまりキリストでありスターリンである。この映画については、田中まさき「戦前ソ連映画における農村の形象——И. プイリエフ『豚飼い娘と羊飼い』を中心に」、『SLAVISTIKA』第二十一・二十二号、二〇〇六年九月、を参照せよ。

訳者あとがき

私がプラトーノフの名を知ったのは、一九九一年の大学二年生のとき、島田陽先生のロシア語の授業においてであった。ロシア語の授業は複数の教員が分担し、一年生で文法を終わらせ、二年生に対しては各教員がテクストを選んで講読した。島田先生はプラトーノフの短篇「ユーシュカ」を選び、どのように訳をつけるのがよいか教えてくださった。とくに会話のところは、登場人物の口調まで伝わってくる、からだの内奥から出てくる訳であった。私にとってプラトーノフといえば、まっさきに頭に浮かぶのは島田陽先生であり、あのときの授業が、プラトーノフを訳すための規範となった。

それから、安岡治子先生の訳になる「疑惑を抱いたマカール」や、原卓也先生の訳になる『プラトーノフ作品集』や、亀山郁夫先生の訳になる『土台穴』などを読み、作品に親しんでいった。一九九八年から二〇〇〇年までモスクワに留学した際には、書店の棚の並びから、プラトーノフがブルガーコフとともに多く読まれていることを実感した。

『幸福なモスクワ』について知ったのは、二〇〇八年である。その前年、モスクワのマヤコフスキー劇場で、ミンダウガス・カルバウスキスが同作を舞台にかけた。私はそれを観ることができたのである。劇化された作品のタイトルは『幸福なモスクワの物語』といって、イリーナ・ペーゴワがモスクワ・チェスノワを演じた。クロークルームを模した空間がつくられ、前景と奥とはカウンター台によって仕切られている。台の向こう側に切り離された人物たちが、熱気に満ちた会話を交わす様によって、プラトーノフの世界が再現されていた。

私はスターリン時代のモスクワ市に関心があったので、「幸福なモスクワ」というタイトルをもつこの小説に強く魅かれた。最初に作品を通読したのは二〇一三年で、第一章を訳してみたのも同じ年である。それから数年かけて、最後まで訳した。原稿を受け入れてくれた白水社には、感謝の言葉しかない。担当についてくれた栗本麻央氏は、私の拙い訳稿と原文とを一言一句照合し、改善を要する点について本当に丁寧にご助言くださった。栗本さんのご助力に、深く御礼申し上げます。

難解なロシア語について、サンクト・ペテルブルグにお住まいの日本文学研究者であるナジェージダ・コルネトワ氏にご教示いただいた。ここに御礼申し上げます。

これまで多くの先生方から、直接、またお仕事を通じて、ロシア文学とロシア語を教えていただいた。沼野充義先生、沼野恭子先生、金沢美知子先生、島田陽先生、桑野隆先生、西中村浩先生、リュボーフィ・ゴルボフスカヤ先生、エレーナ岡野先生、坂内徳明先生、安岡治子先生、長谷見一雄先生、木村崇先生、望月哲男先生、渡辺雅司先生、亀山郁夫先生、和田あき子先生には、とくに御礼申し上げます。

和田春樹先生は『エセーニンとマフノ』によって、高橋清治先生はブラート・オクジャワ「わが夢の女」の翻訳によって、歴史研究者が文学を論じる姿を見せてくださった。お二人の先例に連なりたいと思う。

田中まさきは、人生の全般にわたって私を助けてくれている。私にカルバウスキスの『幸福なモスクワの物語』について教え、マヤコフスキー劇場に連れていってくれたのも彼女である。ロシア文学者として、私に対して、自身の驕りを見据えよと言ってくれるのも、彼女である。田中まさきに、深く感謝する。

翻訳にあたっては、プラトーノフの独特の文章をなるべくそのまま日本語とするように心がけた。プラトーノフはしばしば、文が切れているように見えるところでも、ピリオドではなくコンマを使う。そのような箇所は原文に忠実に、句点ではなく読点を使った。また、通常の翻訳では、日本語として読みやすくするために、名詞を動詞に置き換えるといったことがあると思うが、この訳書ではそれも最低限に抑えた。

最後に、題名について。「幸せなモスクワ」ではなく「幸福なモスクワ」としたのは、ひとつにはその方が「幸福な」と「モスクワ」の母音が重なって、響きがよいと思ったからである。もうひとつには、モスクワが少女と都市の両方の名前であることを勘案したからである。少女だけならば「幸せな」でもよいように思う。他方、首都モスクワも含めて考えるならば、スターリンのもとで社会主義建設が成功裏に進み、人を圧死させんばかりの過剰な歓びが湧き上がってくる、そうしたニュアンスをもたせたかったのである。そのため、より重厚な字面をもつ「幸福な」を選んだ。この点を含め、訳文には色々とご批判があろう。ご指摘いただければありがたく思う。

二〇二三年三月　池田嘉郎

アンドレイ・プラトーノフ
АНДРЕЙ ПЛАТОНОВ
1899-1951
ロシア南西部ヴォロネジ郊外生まれ。中等教育を経た後さまざまな職につきながら、ヴォロネジ国立大学に入学するが中退し、1919年に労働者鉄道高等専門学校に入学。蒸気機関車に乗り込みながら赤軍側で参戦する一方、十代末から地元の雑誌・新聞等に評論や詩が掲載されるなど、その創作は革命と内戦のなかで培われた。総じて作家であると同時に技術労働者でもあり、県農地局で土地改良や水利開発等で指導的役割を果たしていた時期に最初の詩集『空色の深み』(1922)が刊行される。短篇集『エピファニの水門』(1927)で広く認められるも、「疑惑を抱いたマカール」(1929)、「ためになる」(1931)等で体制側から厳しい批判を浴び、執筆活動が大幅に制限された。死後、1960年代になってから本格的な再評価がはじまり、生前未刊行の長篇『チェヴェングール』、中篇『土台穴』がまずは国外で刊行されたが、国内での刊行はペレストロイカを待たねばならなかった。本作『幸福なモスクワ』(執筆1933-36)は1991年、雑誌『ノーヴィ・ミール』ではじめて発表された。

訳者　池田嘉郎
Yoshiro Ikeda
1971年生まれ。東京大学大学院人文社会系研究科教授。東京大学大学院人文社会系研究科博士(文学)。専門は近現代ロシア史。主著に『革命ロシアの共和国とネイション』(山川出版社、2007年)、『ロシア革命　破局の8か月』(岩波書店、2017年)など。

本作品中には、今日的な観点からは適切でない表現・表記を含む文章がありますが、作品が書かれた時代的・社会的状況に鑑み、また、文学作品としてのテクストを尊重する立場から、原文のまま訳出しています。
編集部

ロシア語文学のミノタウロスたち
幸福なモスクワ

2023年5月20日　印刷
2023年6月10日　発行

著　者　アンドレイ・プラトーノフ
訳　者 © 池　田　嘉　郎
装幀者　仁　木　順　平
発行者　岩　堀　雅　己
印刷所　株式会社　精興社

発行所　〒101-0052 東京都千代田区神田小川町3の24
電話 03-3291-7811（営業部）, 7821（編集部）
www.hakusuisha.co.jp
株式会社　白水社
乱丁・落丁本は，送料小社負担にてお取り替えいたします.

振替　00190-5-33228　株式会社松岳社

ISBN978-4-560-09344-3
Printed in Japan

クレールとの夕べ／アレクサンドル・ヴォルフの亡霊

ガイト・ガズダーノフ 著　望月恒子 訳

パリの亡命文壇でナボコフと並び称されるも、ソ連解体前後の再評価まで、長らく忘れられていた作家ガズダーノフの代表作二篇。二十世紀を中心に、ロシア語で書かれた異形の作品を紹介するシリーズ〈ロシア語文学のミノタウロスたち〉第一巻。